दौड़

(उपन्यास)

दौड़

ममता कालिया

वाणी प्रकाशन

पेपरबैक प्रथम संस्करण : 2000; द्वितीय संस्करण : 2001; तृतीय संस्करण : 2002
चतुर्थ संस्करण : 2003; पाँचवाँ संस्करण : 2004; छठा संस्करण : 2005
सातवाँ संस्करण : 2006; आठवाँ संस्करण : 2007; नौवाँ संस्करण : 2008
दसवाँ संस्करण : 2009; ग्यारहवाँ संस्करण : 2010; बारहवाँ संस्करण : 2010
तेरहवाँ संस्करण : 2011; चौदहवाँ संस्करण : 2012; पन्द्रहवाँ संस्करण : 2012
सोलहवाँ संस्करण : 2013; सत्रहवाँ संस्करण : 2014; अठारहवाँ संस्करण : 2015
उन्नीसवाँ संस्करण : 2016; बीसवाँ संस्करण : 2016; इक्कीसवाँ संस्करण : 2017
बाईसवाँ संस्करण : 2018; तेईसवाँ संस्करण : 2019; चौबीसवाँ संस्करण : 2020
पच्चीसवाँ संस्करण : 2021; छब्बीसवाँ संस्करण : 2022; सत्ताईसवाँ संस्करण : 2023

वाणी प्रकाशन
4695, 21-ए, दरियागंज, नयी दिल्ली 110 002

फ़ोन : +91 11 23273167 फ़ैक्स : +91 11 23275710

शाखाएँ
अशोक राजपथ, पटना 800 004, बिहार
कॉफ़ी हाउस कैम्पस, महात्मा गांधी मार्ग, इलाहाबाद 211 001, उत्तर प्रदेश
महात्मा गांधी अन्तरराष्ट्रीय हिन्दी विश्वविद्यालय, वर्धा 442 001, महाराष्ट्र
36/ए, शेक्सपीयर सरणी, रानी बिरला गर्ल्स कॉलेज के पास, कोलकाता 700 017, प. बंगाल

www.vaniprakashan.com
marketing@vaniprakashan.in
sales@vaniprakashan.in

Daur
by Mamta Kalia

ISBN : 978-81-7055-714-2

Novel

मूल्य : ₹ 99

आर. टेक ऑफ़सेट प्रिंटर्स, दिल्ली-110 032 में मुद्रित

वाणी प्रकाशन का लोगो मक़बूल फ़िदा हुसेन की कूची से

चन्द सतरें

भूमंडलीकरण और उत्तर औद्योगिक समाज ने इक्कीसवीं सदी में युवा वर्ग के सामने एकदम नए ढंग के रोज़गार और नौकरी के रास्ते खोल दिए हैं। एक समय था जब हर विद्यार्थी का एक ही सपना था—पढ़-लिखकर प्रशासनिक सेवा में चुना जाना। कुछ सहपाठियों की पारम्परिक महत्त्वाकांक्षाएँ थीं। इनके अन्तर्गत डॉक्टर की बेटी डॉक्टर और इंजीनियर का बेटा इंजीनियर बनना चाहता था। तब बाज़ार इतना आकर्षक, विशाल और व्यापक नहीं हुआ था कि युवा-वर्ग इसे अपने सपनों में शामिल करे। तब बाज़ार का मतलब था एक ऐसी जगह जहाँ हम अपनी ज़रूरतें पूरी करते थे और थककर घर लौट आते थे। उस वक्त का बाज़ार इतना चमकदार और चटकीला नहीं था कि आप वहाँ अपनी पूरी जेब खाली कर आते।

आर्थिक उदारीकरण ने भारतीय बाज़ार को शक्तिशाली बनाया। इसने व्यापार प्रबन्धन की शिक्षा के द्वार खोले और छात्र वर्ग को व्यापार प्रबन्धन में विशेषता हासिल करने के अवसर दिए। बहुराष्ट्रीय कम्पनियों ने रोज़गार के नए अवसर प्रदान किए। युवा-वर्ग ने पूरी लगन के साथ इस सिमसिम द्वार को खोला और इसमें प्रविष्ट हो गया। वर्तमान सदी में समस्त अन्य वाद के साथ एक नया वाद आरम्भ हो गया, बाज़ारवाद और उपभोक्तावाद। इसके अन्तर्गत, बीसवीं सदी का सीधा-सादा खरीददार एक चतुर उपभोक्ता बन गया। जिन युवा-प्रतिभाओं ने यह कमान सँभाली उन्होंने कार्यक्षेत्र में तो खूब कामयाबी पायी पर मानवीय सम्बन्धों के समीकरण उनसे कहीं

ज्यादा खिंच गए, तो कहीं ढीले पड़ गए। 'दौड़' इन प्रभावों और तनावों की पहचान कराता है।

यह रचना 'तद्‌भव' त्रैमासिक में सर्वप्रथम प्रकाशित हुई तो इस पर व्यापक प्रतिक्रियाएँ आनी आरम्भ हो गईं। स्वयं मेरे पास अनेक रचनाकार मित्रों और पाठकों ने राय लिख भेजी। यहाँ मात्र दो पत्र उद्‌धृत किए जा रहे हैं। पहला पत्र वरिष्ठ, प्रगतिशील आलोचक श्री खगेन्द्र ठाकुर का है। दूसरा, आज के प्रखर युवा आलोचक डॉ. कृष्ण मोहन का। खगेन्द्र ठाकुर के अनुसार, ' 'दौड़' लघु उपन्यास है लेकिन आकार में ही लघु है यह, कथा, कथ्य, चरित्र, शिल्प, शैली, भाषा आदि के समन्वित रूप में आज की एक महान रचना है।

'बीसवीं सदी के अन्तिम दशक' और 'आरक्षण की आँधी से सकपकाए सवर्ण परिवार' के उल्लेख मात्र से आपने आज के पूँजीवाद और परम्परागत भारतीय समाज में राजनीतिक कारण से मचे उथल-पुथल को पाठकों की चेतना में सजीव करके अपने चरित्रों और उनके आपसी सम्बन्धों को समझने की पृष्ठभूमि की ओर ध्यान खींचा है। यह अच्छा है कि उनका संकेत भर है। संकेतों से संक्षिप्तता आती है। तीन जादुई अक्षरों–एम.बी.ए.–के संकेत से समाज में, उसकी चेतना में, नसों में समा रही व्यावसायिकता की महत्ता आपने अच्छी तरह प्रस्तुत कर दी है।

व्यावसायिकता से आजीविकावाद (कैरियरिज़्म) पैदा होता है और यह आजीविकावाद पारिवारिक सम्बन्धों को और सम्बन्धों की भावात्मकता, आत्मीयता आदि को नष्टप्राय कर देता है। आज के पूँजीवाद ने गत दस वर्षों में खासतौर से भारतीय समाज में जो खेल दिखाया है और राष्ट्रीयता, पारिवारिकता और मनुष्यता की मर्यादाओं को जो तोड़ा है, उसे पूँजीवाद की व्याख्या किए बिना, स्थितियों, प्रसंगों और सम्बन्धों की पृष्ठभूमि में आपने सहज ढंग से सहज भाव से चित्रित किया है।

पवन और सघन व्यावसायिकता और आजीविकावाद के दौर के, जब जीवन अत्यन्त कठिन हो गया, संवेदनशून्य और मूल्यहीन हो गया,

उस दौर के चरित्र हैं और हिन्दी कथा-साहित्य में ये नए चरित्र हैं। बहुराष्ट्रीय कम्पनियों से जुड़े भारतीय चरित्र हैं ये। ध्यान देने की बात यह है कि इनके माता-पिता भी भारतीय समाज में कोई पुरातनपंथी और रूढ़िवादी चरित्र नहीं हैं, वे देहाती नहीं हैं। किसी ज़माने में पूर्व का ऑक्सफोर्ड समझे जाने वाले शहर इलाहाबाद में रहते हैं लेकिन इस दौर में इलाहाबाद पुराना पड़ चुका है। प्रेमचन्द, नागार्जुन और रेणु के गाँव से तो तुलना का प्रसंग ही नहीं आता।

बाज़ारतन्त्र और उपभोक्तावाद पर हिन्दी में पिछले दिनों बहुत लिखा गया है। अच्छी कहानियाँ भी लिखी गई हैं। भूमंडलीकरण पर भी लिखा गया है। हिन्दी कथाकारों की यह समय के प्रति जागरूकता प्रशंसनीय है। लेकिन आपका यह 'दौड़' भूमंडलीकरण, व्यावसायिकता, आजीविकावाद, विज्ञापनबाजी, उपभोक्तावाद आदि के मिश्रण से बने मनुष्यों की कहानी बहुत प्रभावकारी ढंग से प्रस्तुत करता है। बेशक इस दौर में 'दौड़' ने नव-धनाढ्य वर्ग की नई पीढ़ी के चरित्र के माध्यम से हिन्दी कथा-साहित्य में एक प्रतिमान या कीर्तिमान कायम किया है।'

युवा समीक्षक कृष्ण मोहन लिखते हैं, 'बीसवीं सदी के अन्त में भारतीय समाज के सबसे गहरे सांस्कृतिक संकट का आख्यान है 'दौड़'। हमारा समाज आज ऐसे दोराहे पर खड़ा है जहाँ से एक रास्ता बहुराष्ट्रीय कम्पनियों की चरम उपभोक्तावादी संस्कृति के अंधे कुएँ को जाता है, तो दूसरा संस्कार, सुरक्षा और सामन्ती सामुदायिकता की पुरानी और गहरी खाई की ओर। दोनों एक-दूसरे की कमजोरियों से ताकत पाते हैं। तीसरा रास्ता मिलता नहीं। लेखिका माँ और पत्रकार पिता का बेटा पवन एम. बी.ए. करके तरक्की के लिए एक के बाद दूसरी कम्पनी बदलता हुआ 'प्रोफेशनल एथिक्स' की बात करता है, जबकि पिता को यह कृतघ्नता जान पड़ती है। किसी ज़माने में अपनी सास की मर्जी के ख़िलाफ प्रेम विवाह करने वाली माँ पवन की पसन्द स्टैला पर खाना पकाने जैसा 'स्त्रियोचित' काम सीखने के लिए दबाव डालती है, लेकिन जब वह माँ

की तमाम रचनाएँ कम्प्यूटर की फ्लॉपी में उतारकर उसे देती है तो वह चमत्कृत रह जाती है। पुरानी पीढ़ी की अपेक्षाएँ नई पीढ़ी की उमंगों से टकराकर कदम-कदम पर टूटती हैं, लेकिन यह प्रकिया भी एक रैखिक नहीं है। एक ऐतिहासिक मुकाम को दर्ज करनेवाली, तरल आवेगों और गहरे मानवीय संस्पर्श से बुनी गई कथा है 'दौड़'। बेहद नाजुक विषय का समूची संश्लिष्टता में निर्वाह करने का रचनात्मक जोखिम उठाती हुई, मानो 'तलवार की धार पे' दौड़ती हुई।'

इलाहाबाद **—ममता कालिया**

20 जून, 2000

वह अपने ऑफिस में घुसा। शायद इस वक्त बिजली कटौती शुरू हो गई थी। मुख्य हाल में आपातूकालीन ट्यूब लाइट जल रही थी। वह उसके सहारे अपने केबिन तक आया। अँधेरे में मेज पर रखे कम्प्यूटर की एक बौड़म सिलुएट बन रही थी। फोन, इंटरकाम सब निष्प्राण लग रहे थे। ऐसा लग रहा था सम्पूर्ण सृष्टि निश्चेष्ट पड़ी है।

बिजली के रहते यह छोटा-सा कक्ष उसका साम्राज्य होता है। थोड़ी देर में आँख अँधेरे की अभ्यस्त हुई तो मेज पर पड़ा माउस भी नज़र आया। वह भी अचल था। पवन को हँसी आ गई, नाम है चूहा पर कोई चपलता नहीं। बिजली के बिना यह प्लास्टिक का नन्हा-सा खिलौना है बस। "बोलो चूहे कुछ तो करो, चूँ-चूँ ही सही," उसने कहा। चूहा फिर भी बेजान पड़ा रहा।

पवन को यकायक अपना छोटा भाई सघन याद आया। रात में बिस्कुटों की तलाश में वे दोनों रसोईघर में जाते। रसोई में नाली के रास्ते बड़े-बड़े चूहे दौड़ लगाते रहते। उन्हें बड़ा डर लगता। रसोई का दरवाजा खोलकर बिजली जलाते हुए छोटू लगातार म्याँऊँ-म्याँऊँ की आवाजें मुँह से निकालता रहता कि चूहे यह समझें कि रसोई में बिल्ली आ पहुँची है और वे डरकर भाग जाएँ। छोटू का जन्म भी मार्जार योनि का है।

पवन ज्यादा देर स्मृतियों में नहीं रह पाया। यकायक बिजली आ गई, अँधेरे के बाद आँखों को चकाचौंध करती बिजली के साथ ही ऑफिस में जैसे प्राण लौट आए। दातार ने हॉट प्लेट पर कॉफी का पानी चढ़ा दिया, बाबू भाई जेरॉक्स मशीन में कागज लगाने लगे और शिल्पा काबरा अपनी टेबिल से उठकर नाचती हुई-सी चित्रेश की टेबिल तक गई, "यू

नो हमें नरूलाज का कांट्रेक्ट मिल गया।''

पवन ने अपनी टेबिल पर बैठे-बैठे दाँत पीसे। यह बेवकूफ लड़की हमेशा गलत आदमी से मुखातिब रहती है। इसे क्या पता कि चित्रेश की चौबीस तारीख को नौकरी से छुट्टी होनेवाली है। उसने दो जम्प्स (वेतन वृद्धि) माँगे थे, कम्पनी ने उसे जम्प आउट करना ही बेहतर समझा। इस समय तलवारें दोनों तरफ की तनी हुई हैं। चित्रेश को जवाब मिला नहीं है पर उसे इतना अन्दाजा है कि मामला कहीं फँस गया है। इसीलिए पिछले हफ्ते उसने एशियन पेण्ट्स में इंटरव्यू भी दे दिया। एशियन पेण्ट्स का एरिया मैनेजर पवन को नरूलाज में मिला था और उससे शान मार रहा था कि तुम्हारी कम्पनी छोड़कर लोग हमारे यहाँ आते हैं। पवन ने चित्रेश की सिफारिश कर दी ताकि चित्रेश को जो फायदा होना है वह तो हो, उसकी कम्पनी के सिर पर से यह सिर दर्द हटे। वहीं उसे यह भी खबर हुई कि नरूलाज में रोज बीस सिलिण्डर की खपत है। आई. ओ.सी. अपने एजेण्ट के जरिए उन पर दबाव बनाए हुई है कि वे साल-भर का अनुबन्ध उनसे कर लें। गुर्जर गैस ने भी अर्जी लगा रखी है। आई.ओ.सी. की गैस कम दाम की है। सम्भावना तो यही बनती है कि उनके एजेण्ट शाह एंड शाह अनुबन्ध पा जाएँगे पर एक चीज पर बात अटकी है। कई बार उनके यहाँ माल की सप्लाई ठप पड़ जाती है। पब्लिक सेक्टर के सौ पचड़े। कभी कर्मचारियों की हड़ताल तो कभी चालकों की शर्तें। इनके मुकाबले गुर्जर गैस में माँग और आपूर्ति के बीच ऐसा सन्तुलन रहता है कि उनका दावा है कि उनका प्रतिष्ठान सन्तुष्ट उपभोक्ताओं का संसार है।

पवन पांडे को इस नए शहर और अपनी नई नौकरी पर नाज हो आया। अब देखिए बिजली चार बजे गई ठीक साढ़े चार बजे आ गई। पूरे शहर को टाइम जोन में बाँट दिया गया है, सिर्फ आधा घंटे के लिए बिजली गुल की जाती है, फिर अगले जोन में आधा घंटा। इस तरह किसी भी क्षेत्र पर जोर नहीं पड़ता। नहीं तो उसके पुराने शहर यानी इलाहाबाद में

तो यह आलम था कि अगर बिजली चली गई तो तीन-तीन दिन तक आने का नाम न ले। बिजली जाते ही छोटू कहता, ''भइया ट्रांसफार्मर दुड़िम बोला था, हमने सुना है।'' परीक्षा के दिनों में ही शादी ब्याह का मौसम होता है। जैसे ही मोहल्ले की बिजली पर ज्यादा जोर पड़ता, बिजली फेल हो जाती। पवन झुँझलाता, ''माँ अभी तीन चैप्टर बाकी हैं, कैसे पढ़ूँ।'' माँ उसकी टेबिल के चारों कोनों पर चार मोमबत्तियाँ लगा देती और बीच में रख देती, उसकी किताब। नए अनुभव की उत्तेजना में पवन, बिजली जाने पर और भी अच्छी तरह पढ़ाई कर डालता।

छोटू इसी बहाने बिजलीघर के चार चक्कर लगा आता। उसे छुटपन से बाजार घूमने का चस्का था। घर का फुटकर सौदा लाते, पोस्ट ऑफिस, बिजली-घर के चक्कर लगाते-लगाते यह शौक अब लत में बदल गया था। परीक्षा के दिनों में भी वह कभी नई पेंसिल खरीदने के बहाने तो कभी यूनीफार्म इस्त्री करवाने के बहाने घर से गायब रहता। जाते हुए कहता, ''हम अभी आते हैं।'' लेकिन इससे यह न पता चलता कि हजरत जा कहाँ रहे हैं। जैसे मराठी में, घर से जाते हुए मेहमान यह नहीं कहता कि मैं जा रहा हूँ, वह कहता है 'मी येतो' अर्थात् मैं आता हूँ। यहाँ गुजरात में और भी सुन्दर रिवाज है। घर से मेहमान विदा लेता है तो मेजबान कहते हैं, ''आऊ जो।'' फिर आना।

यह ठीक है कि पवन घर से अठारह सौ किलोमीटर दूर आ गया है पर एम.बी.ए. के बाद कहीं-न-कहीं तो उसे जाना ही था। उसके माता-पिता अवश्य चाहते थे कि वह वहीं उनके पास रहकर नौकरी करे पर उसने कहा, ''यहाँ मेरे लायक सर्विस कहाँ? यह तो बेरोजगारों का शहर है। ज्यादा-से-ज्यादा नूरानी तेल की मार्केटिंग मिल जाएगी।'' माँ-बाप समझ गए थे कि उनका शिखरचुम्बी बेटा कहीं और बसेगा।

फिर यह नौकरी पूरी तरह से पवन ने स्वयं ढूँढ़ी थी। एम.बी.ए. अन्तिम वर्ष की जनवरी में जो चार-पाँच कम्पनियाँ उनके संस्थान में आईं उनमें भाईलाल भी थी। पवन पहले दिन पहले इंटरव्यू में ही चुन लिया गया। भाईलाल कम्पनी ने उसे अपनी एल.पी.जी. यूनिट में प्रशिक्षु सहायक मैनेजर बना लिया। संस्थान का नियम था कि अगर एक इंटरव्यू में छात्र का चयन हो जाए तो वह बाकी के तीन नहीं दे सकता। इससे ज्यादा छात्र लाभान्वित हो रहे थे और कैम्पस पर परस्पर स्पर्धा घटी थी। पवन को बाद में यही अफसोस रहा कि उसे पता ही नहीं चला कि उसके संस्थान में विपरो, एपल और बी.पी.सी.एल. जैसी कम्पनियाँ भी आई थीं। फिलहाल उसे यहाँ कोई शिकायत नहीं थी। अपने अन्य कामयाब साथियों की तरह उसने सोच रखा था कि अगर साल बीतते न बीतते उसे पद और वेतन में उच्चतर ग्रेड नहीं दिया गया तो वह कम्पनी छोड़ देगा।

सी.पी. रोड चौराहे पर उसने देखा, सामने से शरद जैन जा रहा है। यह एक इत्तिफाक ही था कि वे दोनों इलाहाबाद में स्कूल में साथ पढ़े और अब दोनों को अहमदाबाद में नौकरी मिली। बीच में दो साल शरद ने आई.ए.एस. की मरीचिका में नष्ट किए फिर कैट देकर सीधे आई. आई.एम. अहमदाबाद में दाखिल हो गया।

उसने शरद को रोका, "कहाँ?"

"यार पिज़ा हट चलते हैं, भूख लग रही है।"

वे दोनों पिज़ा हट में जा बैठे। पिज़ा हट हमेशा की तरह लड़के-लड़कियों से गुलजार था। पवन ने कूपन लिए और काउंटर पर दे दिए।

शरद ने सकुचाते हुए कहा, "मैं तो जैन पिज़ा लूँगा। तुम जो चाहे खाओ।"

"रहे तुम वही के वही साले। पिज़ा खाते हुए भी जैनिज्म नहीं छोड़ोगे।"

अहमदाबाद में हर जगह मैनू कार्ड में बाकायदा जैन व्यंजन शामिल रहते जैसे जैन पिज़ा, जैन आमलेट, जैन बर्गर।

पवन खाने के मामले में उन्मुक्त था। उसका मानना था कि हर व्यंजन की एक खासियत होती है। उसे उसी अन्दाज में खाया जाना चाहिए। उसे संशोधन से चिढ़ थी।

मैनू कार्ड में जैन पिज़ा के आगे उसमें पड़ने वाली चीजों का खुलासा भी दिया था, टमाटर, शिमला मिर्च, पत्ता गोभी और तीखी मीठी चटनी।

शरद ने कहा, "कोई खास फर्क तो नहीं है, सिर्फ चिकन की चार-पाँच कतरन उसमें नहीं होंगी, और क्या?"

"सारी लज़्ज़त तो उन कतरनों की है यार।" पवन हँसा।

"मैंने एक-दो बार कोशिश की पर सफल नहीं हुआ। रात-भर लगता रहा जैसे पेट में मुर्गा बोल रहा है कुकड़ूँ कूँ।"

"तुम्हीं जैसों से महात्मा गाँधी आज भी साँसें ले रहे हैं। उनके पेट में बकरा में-में करता था।"

शरद ने वेटर को बुलाकर पूछा, "कौन-सा पिज़ा ज्यादा बिकता है यहाँ?"

"जैन पिज़ा।" वेटर ने मुस्कराते हुए जवाब दिया।

"देख लिया।" शरद बोला, "पवन तुम इसको एप्रिशिएट करो कि सात समन्दर पार की डिश का पहले हम भारतीयकरण करते हैं फिर खाते हैं। घर में ममी बेसन का ऐसा लजीज आमलेट बनाकर खिलाती है कि अंडा उसके आगे पानी भरे।"

"मैं तो जब से गुजरात आया हूँ बेसन ही खा रहा हूँ। पता है बेसन को यहाँ क्या बोलते हैं? चने नी लोट।"

पता नहीं यह जैन धर्म का प्रभाव था या गाँधीवाद का, गुजरात में मांस और अंडे की दुकानें मुश्किल से देखने में आती हैं। होस्टल में रहने के कारण पवन के लिए अंडा भोजन का पर्याय था पर यहाँ सिर्फ स्टेशन के आसपास ही अंडा मिलता है। वहीं तली हुई मछली की भी गिनी-चुनी दुकानें थीं। पर अक्सर मेम नगर से स्टेशन तक आने की और ट्रैफिक में फँसने की उसकी इच्छा न होती। तब वह किसी अच्छे रेस्तरां में सामिष

भोज़न कर अपनी तलब पूरी करता।

वे अपने पुराने दिन याद करते रहे, दोनों के बीच लड़कपन की बेशुमार बेवकूफियाँ कॉमन थीं और पढ़ाई के संघर्ष। पवन ने कहा, ''पहले दिन जब तुम अमदाबाद आए तब की बात बताना जरा।''

''तुम कभी अमदाबाद कहते हो, कभी अहमदाबाद, यह चक्कर क्या है?''

''ऐसा है अपना गुजराती क्लायंट अहमदाबाद को अमदाबाद ही बोलना माँगता, तो अपुन भी ऐसाइच बोलने का।''

''मैं कहता हूँ यह एकदम व्यापारी शहर है, सौ प्रतिशत। मैं चालीस घंटे के सफर के बाद यहाँ उतरा। एक थ्री ह्वीलर वाले से पूछा, 'आई.आई. एम. चलोगे?' किदर बोलने से, उसने पूछा। मैंने कहा, भई वस्त्रापुर में जहाँ मैनजरी की पढ़ाई होती है, उस जगह जाना है। तो जानते हो साला क्या बोला, 'टू हंड्रेड भाड़ा लगेगा।' मैंने कहा, तुम्हारा दिमाग तो ठीक है। उसने कहा, साब आप उदर से पढ़कर बीस हजार की नौकरी पाओगे, मेरे को टू हंड्रेड देना आपको ज्यादा लगता क्या?''

''तुम्हारा सिर घूम गया था?''

''बाई गॉड़। मुझे लगा वह एकदम ठग्गू है। पर जिस भी थ्री ह्वीलर वाले से मैंने बात की सबने यही रेट बताया।''

''मुझे याद है, शाम को तुमने मुझसे मिलकर सबसे पहले यही बात बताई थी।''

''सच्ची बात तो यह है कि अपने घर और शहर से बाहर आदमी हर रोज एक नया सबक सीखता है।''

''और बताओ, जॉब ठीक चल रहा है।''

''ठीक क्या यार, मैंने कम्पनी ही गलत चुन ली।''

''बैनर तो बड़ा अच्छा है, स्टार्ट भी अच्छा दिया है?''

''पर प्रोडक्ट भी देखो। बूट पॉलिश। हालत यह है कि हिन्दुस्तान में सिर्फ दस प्रतिशत लोग चमड़े के जूते पहनते हैं।''

"बाकी नब्बे प्रतिशत क्या नंगे पैर फिरते हैं?"

"मजाक नहीं, बाकी लोग चप्पल पहनते हैं या फोम शूज़। फोम के जूते कपड़ों की तरह डेटरजेंट से धुल जाते हैं और चप्पल चटखाने वाले पॉलिश के बारे में कभी सोचते नहीं। पॉलिश बिके तो कैसे?"

पवन ने कौतुक से रेस्तरां में कुछ पैरों की तरफ देखा। अधिकांश पैरों में फोम के मोटे जूते थे। कुछ पैरों में चप्पलें थीं।

"अभी हेड ऑफिस से फैक्स आया है कि माल की अगली खेप भिजवा रहे हैं। अभी पिछला माल बिका नहीं है। दुकानदार कहते हैं वे और ज्यादा माल स्टोर नहीं करेंगे, उनके यहाँ जगह की किल्लत है। ऐसे में मेरी सनशाइन शू पॉलिश क्या करे?"

"डीलर को कोई गिफ्ट ऑफर दो, तो वह माल निकाले।"

"सबको सनशाइन रखने के लिए वॉल रैक दिए हैं, डीलर्स कमीशन बढ़वाया है पर मैंने खुद खड़े होकर देखा है, काउंटर सेल नहीं के बराबर है।"

पवन ने सुझाव दिया, "कोई रणनीति सोचो। कोई इनामी योजना, हालिडे प्रोग्राम?"

"इनामी योजना का सुझाव भेजा है। हमारा टारगेट उपभोक्ता स्कूली विद्यार्थी है। उसकी दिलचस्पी टॉफी या पेन में हो सकती है हालिडे प्रोग्राम में नहीं।"

"हाँ, यह अच्छी योजना है।"

"बाई गॉड, अगर पब्लिक स्कूलों में चमड़े के जूते पहनने का नियम न होता तो सारी बूट पॉलिश कम्पनियाँ बन्द हो जातीं। इन्हीं के बूते बाटा, कीवी, बिल्ली, सनशाइन सब जिन्दा हैं।"

"इस लिहाज से मेरी प्रॉडक्ट बढ़िया है। हर सीजन में हर तरह के आदमी को गैस सिलिंडर की जरूरत रहती है। लेकिन यार जब थोक में प्रॉडक्ट निकालनी हो तो यह भी भारी पड़ जाती है।"

पवन उठ खड़ा हुआ, "थोड़ी देर और बैठो तो यहाँ डिनर टाइम हो

जाएगा। तुम कहाँ खाना खाते हो आजकल।''

''वहीं जहाँ तुमने बताया था, मौसी के। और तुम?''

''मैं भी मौसी के यहाँ खाता हूँ पर मैंने मौसी बदल ली है।''

''क्यों?''

''वह क्या है यार मौसी कढ़ी और करेले में भी गुड़ डाल देती थी और खाना परोसने वाली उसकी बेटी कुछ ऐसी थी कि झेली नहीं जाती थी।''

''हमारी वाली मौसी तो बहुत सख्त मिजाज़ है, खाते वक्त वॉकमैन भी नहीं सुन सकते। बस खाओ और जाओ।''

''यार कुछ भी कहो अपने शहर का खस्ता समोसा बहुत याद आता है।''

शहर में जगह-जगह महिलाओं ने घरों में खाना खिलाने का प्रबन्ध कर रखा था। नौकरी-पेशा छड़े (अविवाहित) युवक उनके घर में जाकर खाना खा लेते। रोटी-सब्जी, दाल और चावल। न रायता न चटनी न सलाद। दर तीन सौ पचास रुपए महीना, एक वक्त। इन महिलाओं को मौसी कहा जाता भले ही उनकी उम्र पचीस हो या पचास। रात को साढ़े नौ के बाद खाना नहीं मिलता। तब ये लड़के उडुपी भोजनालय में एक मसाला दोसा खाकर सो जाते। इतनी तकलीफ में भी इन युवकों को कोई शिकायत न होती। अपने उद्यम से रहने और जीने का सन्तोष सबके अन्दर।

घर गृहस्थी वाले साथी पूछते, ''जिन्दगी के इस ढंग से कष्ट नहीं होता?''

''होता है, कभी-कभी'' अनुपम कहता ''सन् 84 से बाहर हूँ। पहले पढ़ने की खातिर, अब काम की।'' कभी-कभी छुट्टी के दिन अनुपम लिट्टी चोखा बनाता। बाकी लड़के उसे चिढ़ाते, ''तुम अनुपम नहीं अनुपमा हो।''

वह बेलन हाथ में नचाते हुए कहता, ''हम अपने लालू अंकल को

लिखूँगा इधर तुम सब बुतरू एक सीधे-सादे बिहारी को सताते हो।"

जब आप अपना शहर छोड़ देते हैं, अपनी शिकायतें भी वहीं छोड़ आते हैं। दूसरे शहर का हर मंजर पुरानी यादों को कुरेदता है। मन कहता है ऐसा क्यों है वैसा क्यों नहीं है? हर घर के आगे एक अदद टाटा सूमो खड़ी है। मारुति 800 क्यों नहीं? तर्क शक्ति से तय किया जा सकता है कि यह परिवार की जरूरत और आर्थिक हैसियत का परिचय पत्र हैं। पर यादें हैं कि लौट-लौट जाती हैं सिविल लाइंस, एलगिन रोड और चैथम लाइंस की सड़कों पर जहाँ माचिस की डिबियों जैसी कारें और स्टियरिंग के पीछे बैठे नमकीन चेहरे तबीयत तरोताजा कर जाते। ओफ, नए शहर में सबकुछ नया है। यहाँ दूध मिलता है पर भैंसें नहीं दिखतीं। कहीं साइकिल की घंटी टनटनाते दूध वाले नजर नहीं आते। बड़ी-बड़ी सुसज्जित डेरी शॉप हैं, एयरकंडीशंड, जहाँ आदमकद चमचमाती स्टील की टंकियों में टोंटी से दूध निकलता है। ठंडा पास्चराइज्ड। वहीं मिलता है दही, दुग्ध, पेड़ा और श्रीखंड।

यही हाल तरकारियों का है। हर कालोनी के गेट पर सुबह तीन-चार घंटे एक ऊँचा ठेला तरकारियों से सजा खड़ा रहेगा। वह घर-घर घूमकर आवाज नहीं लगाता। स्त्रियाँ उसके पास जाएँगी और खरीदारी करेंगी। उसके ठेले पर खास और आम तरकारियों का अम्बार लगा है। हरी शिमला मिर्च तो लाल और पीली भी। गोभी है तो ब्रोकोली भी। सलाद की शक्ल का थाई कैबेज भी दिखाई दे जाता है। खास तरकारियों में किसी की भी कीमत डेढ़ दो सौ रुपए किलो से कम नहीं। ये बड़े-बड़े टमाटर एक तरफ रखे हैं कि दूर से देखने पर प्लास्टिक की गेंद लगते हैं। ये टमाटर क्यारी में नहीं प्रयोगशाला में उगाए गए लगते हैं। कीमत दस रुपए पाव। टमाटर का आकार इतना बड़ा है कि एक पाव में एक टमाटर ही चढ़ सकता है। दस रुपए का एक टमाटर। हे भगवान क्या टमाटर भी एन.आर.आई. हो गया? शिकागो में एक डॉलर का एक टमाटर मिलता है। भारत में टमाटर उसी दिशा में बढ़ रहा है। तरकारियाँ विश्व

बाजार की जिन्स बनती जा रही हैं। इनका भूमंडलीकरण हो रहा है। पवन को याद आता है उसके शहर में घूरे पर भी टमाटर उग जाता था। किसी ने पका टमाटर कूड़े करकट के ढेर पर फेंक दिया, वहीं पौधा लहलहा उठा। दो माह बीतते न बीतते उसमें फल लग जाते। छोटे-छोटे लाल टमाटर, रस से टलमल, यहाँ जैसे बड़े बेजान और बनावटी नहीं, असल और खटमिट्ठे।

शहर के बाजारों में घूमना पवन, शरद, दीपेन्द्र, रोजविन्दर और शिल्पा का शौक भी है और दिनचर्या भी। रोजविन्दर कौर प्रदूषण पर प्रोजेक्ट रिपोर्ट तैयार कर रही है। कन्धे पर पर्स और कैमरा लटकाए कभी वह एलिस ब्रिज के ट्रैफिक जाम के चित्र उतारती है तो कभी बाजार में जेनरेटर से निकलने वाले धुएँ का जायज़ा लेती है।

दीपेन्द्र कहता है, "रोजू तुम्हारी रिपोर्ट से क्या होगा। क्या टैम्पो और जेनरेटर धुआँ छोड़ना बन्द कर देंगे?"

रोजू सिगरेट का आखिरी कश लेकर उसका टोटा पैर के नीचे कुचलती है, "माई फुट! तुम तो मेरे जॉब को ही चुनौती दे रहे हो। मेरी कम्पनी को इससे मतलब नहीं है कि वाहन धुएँ के बगैर चलें। उसकी योजना है हवा शुद्धिकरण संयंत्र बनाने की। एक हर्बल स्प्रे भी बनाने वाली है। उसे एक बार नाक के पास स्प्रे कर लो तो धुएँ का प्रदूषण आपकी साँस के रास्ते अन्दर नहीं जाता।"

"और जो प्रदूषण आँख और मुँह के रास्ते जाएगा वह?"

"तो मुँह बन्द रखो और आँख में डालने को आई ड्रॉप ले आओ।"

पवन के मुँह से निकल जाता है, "मेरे शहर में प्रदूषण नहीं है।"

"आ हा हा, पूरे विश्व में प्रदूषण गहरी चिन्ता का विषय है और ये पवन कुमार आ रहे हैं सीधे स्वर्ग से कि वहाँ प्रदूषण नहीं है। तुम इलाहाबाद के बारे में रोमांटिक होना कब छोड़ोगे?"

रोजू हँसती है, "वाट ही मीन्स इज वहाँ प्रदूषण कम है। वैसे पवन मैंने सुना है यू.पी. में अभी भी किचेन में लकड़ी के चूल्हे पर खाना बनता

है। तब वहाँ घर के अन्दर भी धुआँ भर जाता होगा?''

''इलाहाबाद गाँव नहीं शहर है, कावल टाउन। शिक्षा में उसे पूर्व का ऑक्सफोर्ड कहते हैं।''

शिल्पा काबरा बातचीत को विराम देती है, ''ठीक है, अपने शहर के बारे में थोड़ा रोमांटिक होने में क्या हर्ज है।''

पवन कृतज्ञता से शिल्पा को देखता है। उसे यह सोचकर बुरा लगता है कि शिल्पा की गैर मौजूदगी में वे सब उसके बारे में हल्केपन से बोलते हैं। पवन का ही दिया हुआ लतीफा है शिल्पा काबरा, शिल्पा का ब्रा।

'विश्वास नी जोत घरे-घरे-गुर्जर गैस लावे छे,' यह नारा है पवन की कम्पनी का। इस सन्देश को प्रचारित-प्रसारित करने का अनुबन्ध शीबा कम्पनी को साठ लाख में मिला है। उसने भी सड़कें और चौराहे रंग डाले हैं।

एल.पी.जी. विभाग में काम करने वालों के हौसले और हसरतें बुलन्द हैं। सबको यकीन है कि वे जल्द ही आई.ओ.सी. को गुजरात से खदेड़ देंगे। निदेशक से लेकर डिलीवरी मैन तक में काम के प्रति तन्मयता है। मेम नगर में जहाँ जी.जी.सी.एल. का दफ्तर है, वह एक खूबसूरत इमारत है, तीन तरफ हरियाली से घिरी। सामने कुछ और खूबसूरत मकान हैं जिनके बरामदों में विशाल झूले लगे हैं। बगल में सेंट जेवियर्स स्कूल है। छुट्टी की घंटी पर जब नीले यूनीफार्म पहने छोटे-छोटे बच्चे स्कूल फाटक से बाहर भीड़ लगाते हैं तो जी.जी.सी.एल. के लाल सिलिंडरों से भरे लाल वाहन बड़ा कांट्रास्ट बनाते हैं, लाल नीला लाल।

अटैची में कपड़े, आँखों में सपने और अन्तर में आकुलता लिए न जाने कहाँ-कहाँ से नौजवान लड़के नौकरी की खातिर इस शहर में आ पहुँचे हैं। बड़ी-बड़ी सर्विस इंडस्ट्री में कार्यरत ये नवयुवक सबेरे नौ से रात नौ तक अथक परिश्रम करते हैं। एक दफ्तर के दो-तीन लड़के मिलकर तीन या चार हजार तक के किराए का एक फ्लैट ले लेते हैं। सभी बराबर

का शेयर करते हैं किराया, दूध का बिल, टॉयलेट का सामान, लांड्री का खर्च। इस अनजान शहर में रम जाना उनके आगे नौकरी में जम जाने जैसी ही चुनौती है, हर स्तर पर। कहाँ अपने घर में ये लड़के शहजादों की तरह रहते थे, कहाँ सारी सुख-सुविधाओं से वंचित, घर से इतनी दूर ये सब सफलता के संघर्ष में लगे हैं। न इन्हें भोजन की चिन्ता है न आराम की। एक आँख कम्प्यूटर पर गड़ाए ये भोजन की रस्म अदा कर लेते हैं और फिर लग जाते हैं कम्पनी के व्यापार लक्ष्य सिद्ध करने में। जाहिर है, व्यापार या लाभ लक्ष्य इतने ऊँचे होते हैं कि सिद्धि का सुख हर एक को हासिल नहीं होता। सिद्धि, इस दुनिया में, एक चार पहिया दौड़ है जिसमें स्टियरिंग आपके हाथ में है पर बाकी सारे कंट्रोल्स कम्पनी के हाथ में। वही तय करती है आपको किस रफ्तार से दौड़ना है और कब तक।

बीसवीं शताब्दी के अन्तिम दशक के तीन जादुई अक्षरों ने बहुत से नौजवानों के जीवन और सोच की दिशा ही बदल डाली थी। ये तीन अक्षर थे एम.बी.ए.। नौकरियों में आरक्षण की आँधी से सकपकाए सवर्ण परिवार धड़ाधड़ अपने बेटे-बेटियों को एम.बी.ए. में दाखिल होने की सलाह दे रहे थे। जो बच्चा पवन, शिल्पा और रोजविन्दर की तरह कैट, मैट, जैसी परीक्षाएँ निकाल ले वह तो ठीक, जो न निकाल पाए उसके लिए लम्बी-चौड़ी कैपिटेशन फीस देने पर एम.एम.एस. के द्वार खुले थे। हर बड़ी संस्था ने ये दो तरह के कोर्स बना दिए थे। एक के जरिए वह प्रतिष्ठा अर्जित करती थी तो दूसरे के जरिए धन। समाज की तरह शिक्षा में भी वर्गीकरण आता जा रहा था। एम.बी.ए. में लड़के वर्ष भर पढ़ते, प्रोजेक्ट बनाते, रिपोर्ट पेश करते और हर सत्र की परीक्षा में उत्तीर्ण होने को जी तोड़ मेहनत करते। एम.एम.एस. में रईस उद्योगपतियों, सेठों के बिगड़े शहजादे एन.आर.आई. कोटे से प्रवेश लेते, जमकर वक्त बरबाद करते और दो की जगह तीन साल में डिग्री लेकर अपने पिता का व्यवसाय सँभालने या बिगाड़ने वापस चले जाते।

शरद के पिता इलाहाबाद के नामी चिकित्सक थे। सन्तान को एम. वी.बी.एस. में दाखिल करवाने की उनकी कोशिशें नाकामयाब रहीं तो उन्होंने माथे पर त्योरियाँ चढ़ाकर कहा, ''डॉक्टर बनना तुम्हारे बस की बात नहीं, एम.बी.ए. ही करके दिखा दो तो जानूँ।'' संयोग से पहली ही बार में शरद ने कैट परीक्षा उत्तीर्ण कर ली और आई.आई.एम. अहमदाबाद में दाखिल हो गया। वहीं कैम्पस प्लेसमेंट में उसे सनशाइन में नौकरी मिल गई पर इसमें सफल होना इतना आसान नहीं था। उसे अपने पिता

का कठोर चेहरा याद आता और वह सोच लेता नौकरी में चाहे जितनी फजीहत हो वह सह लेगा पर पिता की हिकारत वह नहीं सह सकेगा। कम्पनी के एम.डी. जब तब हेड ऑफिस से आकर चक्कर काट जाते। वे अपने मैनेजरों को भेजकर जायजा लेते और शरद व उसके साथियों पर बरस पड़ते। "पूरे मार्केट में बिल्ली छाई हुई है। शो रूम से लेकर होर्डिंग और बैनर तक, सब जगह बिल्ली-ही-बिल्ली। आप लोग क्या कर रहे हैं। अगर स्टोरेज की किल्लत है तो बिल्ली के लिए क्यों नहीं, सनशाइन ही क्यों?" शरद और साथी अपने पुराने तर्क प्रस्तुत करते तो एम.डी. ताम्रपर्णी साहब और भड़क जाते, "बिल्ली पॉलिश क्या फोम शूज पर लगाई जा रही है या उससे चप्पलें चमकाई जा रही हैं।"

इस बार उन्होंने शरद और उसके साथियों को निर्देश दिया कि नगर के मोचियों से बात कर रिपोर्ट दें कि वे कौन-सी पॉलिश इस्तेमाल करते हैं और क्यों?

एम.डी. तो फूँ फाँ कर चलते बने, लड़कों को मोचियों से सिर खपाने के लिए छोड़ गए। शरद और उसके सहकर्मी सुबह नौ से बारह के समय शहर के मोचियों को ढूँढ़ते, उनसे बात करते और नोट्स लेते।

दरअसल बाजार में दिन पर दिन स्पर्धा कड़ी होती जा रही थी। उत्पादन, विपणन और विक्रय के बीच तालमेल बैठाना दुष्कर कार्य था। एक-एक उत्पाद की टक्कर में बीस-बीस वैकल्पिक उत्पाद थे। इन सबको श्रेष्ठ बताते विज्ञापन अभियान थे जिनके प्रचार-प्रसार से मार्केटिंग का काम आसान की बजाय मुश्किल होता जाता। उपभोक्ता के पास एक-एक चीज के कई चमकदार विकल्प थे।

रोजविन्दर ने पुरानी कम्पनी छोड़कर इंडिया लीवर के टूथपेस्ट डिवीजन में काम सँभाला था। उसे आजकल दुनिया में दाँत के सिवा कुछ नजर नहीं आता था। वह कहती, "हमारी प्रोडक्ट के एक-एक आइटम को इतना प्रचारित कर दिया गया है कि अब इसमें बस साबुन मिलाने की कसर बाकी है।" रेडियो और टी.वी. पर दिन में सौ बार दर्शक और

श्रोता की चेतना को झकझोरता विज्ञापन मार्केटिंग के प्रयासों में चुनौती और चेतावनी का काम करता। उपभोक्ता बहुत ज्यादा उम्मीद के साथ टूथपेस्ट खरीदता जो एकबारगी पूरी न होती दिखती। वह वापस अपने पुराने टूथपेस्ट पर आ जाता बिना यह सोचे कि उसे अपने दाँतों की बनावट, खान-पान के प्रकार और प्रकृति और वंशानुगत सीमाओं पर भी गौर करना चाहिए।

शरद को लगता बूट पॉलिश बेचना सबसे मुश्किल काम है तो रोजविन्दर को लगता ग्राहकों के मुँह नया टूथपेस्ट चढ़वाना चुनौतीपरक है और पांडे को लगता वह अपनी कम्पनी का टारगेट विक्रय लक्ष्य, कैसे पूरा करे। खाली समय में अपने उत्पाद पर बहस करते-करते वे इतना उत्पात करते कि लगता सफलता का कोई सट्टा खेल रहे हैं। पवन म्यूजिक सिस्टम पर गाना लगा देता, "ये तेरी आँखें झुकी-झुकी ये तेरा चेहरा खिला-खिला। बड़ी किस्मत वाला है वह"—'सनी टूथपेस्ट जिसे मिला' रोजविन्दर गाने की लाइन पूरी करती।

ऐनाग्राम फाइनेंस कम्पनी के सौजन्य से शहर में तीन दिवसीय सांस्कृतिक कार्यक्रम का आयोजन हुआ। गुजरात विश्वविद्यालय के विशाल परिसर में बेहद सुन्दर साज-सज्जा की गई। गुजरात वैसे भी पंडाल रचना में परम्परा और मौलिकता के लिए विख्यात रहा है, फिर इस आयोजन में बजट की कोई सीमा न थी। पवन, शिल्पा, रोजू, शरद और अनुपम ने पहले ही अपने पास मँगवा लिए। पहले दिन नृत्य का कार्यक्रम था, अगले दिन ताल वाद्य और पंडित भीमसेन जोशी का गायन और तीसरे दिन हरिप्रसाद चौरसिया का बाँसुरी वादन और शिवकुमार शर्मा का सन्तूर वादन। अहमदाबाद जैसी औद्योगिक, व्यापारिक नगरी के लिए यह एक अभूतपूर्व संस्कृति संगम था।

आयोजन का समस्त प्रबन्ध ए.एफ.सी. के युवा मैनेजरों के जिम्मे था। मुक्तांगन में पन्द्रह हजार दर्शकों के बैठने का इन्तजाम था। परिसर के चार कोनों तथा बीच-बीच में दो जगह विशाल सुपर स्क्रीन लगे थे जिन पर मंच के कलाकारों की छवि पड़ रही थी। इससे मंच से दूर बैठे दर्शकों को भी कलाकार के समीप होने की अनुभूति हो रही थी। दर्शकों की सीटों से हटकर, परिसर की बाहरी दीवार के करीब एक स्नैक बार लगाया गया था। सांस्कृतिक कार्यक्रम में प्रवेश निःशुल्क था हालाँकि खान-पान के लिए सबको पचास रुपए प्रति व्यक्ति के हिसाब से कूपन खरीदना अनिवार्य था।

दूसरे दिन पवन भीमसेन जोशी को सुनने गया था। सुपर स्क्रीन पर भीमसेन जोशी महा भीमसेन जोशी नजर आ रहे थे। 'सब है तेरा' अन्तरे पर आते-आते उन्होंने हमेशा की तरह सुर और लय का समा बाँध दिया। लेकिन पवन को इस बात से उलझन हो रही थी कि आसपास की सीटों के दर्शकों की दिलचस्पी गायन से अधिक खान-पान में थी। वे बार-बार उठकर स्नैक बार जाते, वहाँ से अंकल चिप्स के पैकेट और पेप्सी की बोतल लाते। देखते-ही-देखते पूरे माहौल में राग अहीर भैरव के साथ कुर्र-कुर्र चर्र-चर्र की ध्वनियाँ भी शामिल हो गईं। अधिकांश दर्शकों के लिए वहाँ देखे जाने के अन्दाज में उपस्थिति महत्त्वपूर्ण थी।

पवन ने अपने शहर में इस कलाकार को सुना था। मेहता संगीत समिति के हॉल में खचाखच भीड़ की स्तब्ध सराहना में सम्मोहित। इलाहाबाद में आज भी साहित्य संगीत के सर्वाधिक मर्मज्ञ और रसज्ञ नजर आते हैं। वहाँ इस तरह बीच में उठकर खाने-पीने की कोई सोच भी नहीं सकता।

अपने शहर के साथ ही घर की याद उमड़ आई। उसने सोचा प्रोग्राम खत्म होने पर घर फोन करेगा। माँ इस वक्त क्या कर रही होंगी। शायद दूध में जामन लगा रही होंगी—दिन का आखिरी काम। पापा क्या कर रहे होंगे, शायद समाचारों की पचासवीं किस्त सुन रहे होंगे। भाई क्या कर

रहा होगा। वह जरूर टेलीफोन से चिपका होगा। उसके कारण फोन इतना व्यस्त रहता है कि खुद पवन को अपने घर बात करने के लिए पी.सी.ओ. पर एक-एक घंटे बैठना पड़ जाता है। अन्ततः जब फोन मिलता है सघन से पता चलता है कि माँ-पापा की अभी आँख लगी है। कभी उनसे बात होती, कभी नहीं होती। जब माँ निंदासे स्वर में पूछती हैं, "कैसे हो पुन्नू, खाना खा लिया, चिट्ठी डाला करो।" वह हर बात पर हाँ-हाँ कर देता है। पर तसल्ली नहीं होती। उसका अपनी माँ से बेहद जीवन्त रिश्ता रहा है। फोन जैसे यन्त्र को बीच में डालकर, सिर्फ उस तक पहुँचा जा सकता है। उसे पुनर्सृजित नहीं किया जा सकता। वह माँ के चेहरे की एक-एक जुम्बिश देखना चाहता है। पिता हँसते हुए अद्भुत सुन्दर लगते हैं। इतनी दूर बैठकर पवन को लगता है माता-पिता और भाई उसके अलबम की सबसे सुन्दर तस्वीरें हैं। उसे लगा अब सघन किससे उलझता होगा। सारा दिन उस पर लदा रहता था, कभी तकरार में कभी लाड़ में। कई बार सघन अपना छुटपन छोड़कर बड़ा भइया बन जाता। पवन किसी बात से खिन्न होता तो सघन उससे लिपटकर मनाता, "भइया बताओ क्या खाओगे? भइया तुम्हारी शर्ट आयरन कर दें? भइया हमें सिविल लाइंस ले चलोगे।"

साहित्य प्रेमी माता-पिता के कारण घर में सभी कमरे किताबों से अटे पड़े थे। स्कूल की पढ़ाई में बाहरी सामान्य किताबें पढ़ने का अवकाश नहीं मिलता था फिर भी थोड़ा बहुत वह पढ़ जाता, अपने पापा और माँ के उकसाने के कारण। उन्होंने उसे प्रेमचन्द की कहानियाँ और कुछ लेख पढ़ने को दिए थे। कफ़न, पूस की रात जैसी कहानियाँ उसके जेहन पर नक्श हो गई थीं लेकिन लेखों के सन्दर्भ सब गड्ड-मड्ड हो गए थे।

अध्ययन के लिए अब अवकाश भी नहीं था। कम्पनी की कर्मभूमि ने उसे इस युग का अभिमन्यु बना दिया था। घर की बहुत हुड़क उठने पर फोन पर बात करता। एक आँख बार-बार मीटर स्क्रीन पर उठ जाती। छोटू कोई चुटकुला सुनाकर हँसाता। पवन भी हँसता फिर कहता, "अच्छा

छोटू अब काम की बात कर, चालीस रुपए का हँस लिए हम लोग।" माँ पूछती, "तुमने गद्दा बनवा लिया।" वह कहता, "हाँ माँ बनवा लिया।" सच्चाई यह थी कि गद्दा बनवाने के लिए फुर्सत ही उसके पास नहीं थी। घर से फोम की रजाई लाया था, उसी को बिस्तर पर गद्दे की तरह बिछा रखा था। पर उसे पता था कि 'नहीं' कहने पर माँ नसीहतों के ढेर लगा देंगी, "गद्दे के बगैर कमर अकड़ जाएगी। मैं यहाँ से बनवाकर भेजूँ? अपना ध्यान भी नहीं रख पाता, ऐसी नौकरी किस काम की। पब्लिक सेक्टर में आ जा, चैन से तो रहेगा।"

अहमदाबाद इलाहाबाद के बीच एस.टी.डी. काल की पल्स रेट दिल की धड़कन जैसी सरपट चलती है 3/6/9/12 पाँच मिनट बात कर अभी मन भी नहीं भरा होता कि सौ रुपए निकल जाते। तब उसे लगता 'टाइम इज मनी।' वह अपने को धिक्कारता कि घर वालों से बात करने में भी वह महाजनी दिखा रहा है पर शहर में अन्य मदों पर इतना खर्च हो जाता कि फोन के लिए पाँच सौ से ज्यादा गुंजाइश बजट में न रख पाता।

शनि की शाम पवन हमेशा की तरह अभिषेक शुक्ला के यहाँ पहुँचा तो पाया वहाँ माहौल अलग है। प्रायः यह होता कि वह अभिषेक, उसकी पत्नी राजुल और उनके नन्हे बेटे अंकुर के साथ कहीं घूमने निकल जाता। लौटते हुए वे बाहर ही डिनर ले लेते या कहीं से बढ़िया सब्जी पैक कराकर ले आते और ब्रेड से खाते। आज अंकुर जिद पकड़े था कि पार्क में नहीं जाएँगे, बाजार जाएँगे।

राजुल उसे मना रही थी, "अंकुर पार्क में तुम्हें भालू दिखाएँगे और खरगोश भी।"

"वो सब हमने देख लिया, हम बाजाल देखेंगे।"

हार कर वे बाज़ार चल दिए। खिलौनों की दुकान देखकर अंकुर

अड़ गया। कभी वह एयरगन हाथ में लेता कभी ट्रेन। उसके लिए तय करना मुश्किल था कि वह क्या ले। पवन ने इलेक्ट्रॉनिक बन्दर उसे दिखाया जो तीन बार कूदता और खों-खों करता था।

अंकुर पहले तो चुप रहा। जैसे ही वे लोग दाम चुकाकर बन्दर पैक कर चलने लगे अंकुर मचलने लगा, "बन्दर नहीं गन लेनी है।" राजुल ने कहा, "गन गन्दी, बन्दर अच्छा। राजा बेटा बन्दर से खेलेगा।"

"हम ठाँय-ठाँय करेंगे, हम बन्दर फेंक देंगे।"

फिर से दुकान पर जाकर खिलौने देखे गए। बेमन से एयरगन फिर निकलवाई गई। अभी उसे देख, समझ रहे थे कि अंकुर का ध्यान फिर भटक गया। उसने दुकान पर रखी साइकिल देख ली।

"छिकिल लेना, छिकिल लेना।" वह चिल्लाने लगा।

"अभी तुम छोटे हो। ट्राईसाइकिल घर में है तो।" राजुल ने समझाया।

अभिषेक की सहन शक्ति खत्म हो रही थी, "इसके साथ बाजार आना मुसीबत है, हर बार किसी बड़ी चीज के पीछे लग जाएगा। घर में खिलौने रखने की जगह भी नहीं है और ये खरीदता चला जाता है।"

बड़े कौशल से अंकुर का ध्यान वापस बन्दर में लगाया गया। दुकानदार भी अब उकता चुका था।

इस सब चक्कर में इतनी देर हो गई कि और कहीं जाने का वक्त नहीं बचा। वापसी में वे लॉ गार्डन से सटे मार्केट में भेलपूरी, पानीपूरी खाने रुक गए। मार्केट ग्राहकों से ठसाठस भरा था। अंकुर ने कुछ नहीं खाया उसे नींद आने लगी। किसी तरह उसे कार में लिटाकर वे घर लाए।

अभिषेक ने कहा, "पवन तुम लकी हो, अभी तुम्हारी जान को न बीवी का झंझट है न बच्चे का।"

राजुल तुनक गई, "मेरा क्या झंझट है तुम्हें?"

"मैं तो एक जनरल बात कर रहा था।"

"यह जनरल नहीं स्पेशल बात थी। मैंने तुम्हें पहले कहा था मैं

अभी बच्चा नहीं चाहती। तुमको ही बच्चे की पड़ी थी।"

पवन ने दोनों को समझाया, "इसमें झगड़े वाली कोई बात नहीं है। एक बच्चा तो हर घर में होना ही चाहिए। एक से कम तो पैदा भी नहीं होता। इसलिए एक तो होगा ही होगा।"

अभिषेक ने कहा, "मैं बहुत थक चुका हूँ। नो मोर डिसकशन।"

लेकिन राजुल का मूड खराब हो गया। वह घर के आखिरी काम निपटाते हुए भुनभुनाती रही, "हिन्दुस्तानी मर्द को शादी के सारे सुख चाहिए बस जिम्मेदारी नहीं चाहिए। मेरा कितना हर्ज हुआ। अच्छी भली सर्विस छोड़नी पड़ी। मेरी सब कलीग्स कहती थीं राजुल शादी करके अपनी आजादी चौपट करोगी और कुछ नहीं। आजकल तो डिंक्स का जमाना है। डबल इनकम नो किड्स (दोहरी आमदनी, बच्चे नहीं) मैं सेन्टिमेंट के चक्कर में फँस गई।"

किसी तरह विदा लेकर पवन वहाँ से निकला।

कम्पनी ने पवन और अनुपम का तबादला राजकोट कर दिया। वहाँ उन्हें नए सिरे से ऑफिस शुरू करना था, एल.पी.जी. का रिटेल मार्केट सँभालना था और पूरे सौराष्ट्र में जी.जी.सी.एल. का संजाल फैलाने की सम्भावना पर प्रोजेक्ट तैयार करना था।

तबादले अपने साथ तकलीफ भी लाते हैं पर इन दोनों को उतनी नहीं हुई जितनी आशंका थी। इनके लिए अहमदाबाद भी अनजाना था और राजकोट भी। परदेसी के लिए पसन्द क्या नापसन्द क्या। अहमदाबाद में इतनी जड़ें जमी भी नहीं थीं कि उखड़ जाने पर दर्द हो। पर अहमदाबाद राजकोट मार्ग पर डीलक्स बस में जाते समय दोनों को यह जरूर लग रहा था कि वे हेड ऑफिस से ब्रांच ऑफिस की ओर धकेल दिए गए हैं।

गुर्जर गैस सौराष्ट्र के गाँवों में अपने पाँव पसार रही थी। इसके लिए

वह अपने नए प्रशिक्षार्थियों को दौरे और प्रचार का व्यापक कार्यक्रम समझा चुकी थी। सूचना, ऊर्जा, वित्त और विपणन के लिए अलग-अलग टीम ग्राम स्तर पर कार्य करने निकल पड़ी थी। यों तो पवन और अनुपम भी अभी नए ही थे पर इन्हें उन 26 प्रशिक्षार्थियों के कार्य का आकलन और संयोजन करना था। राजकोट में वे एक दिन टिकते कि अगले ही दिन उन्हें सूरत, भरूच, अंकलेश्वर के दौरे पर भेज दिया जाता। हर जगह किसी तीन सितारा होटल में इन्हें टिकाया जाता, फिर अगला मुकाम।

सूरत के पास हजीरा में भी पवन और अनुपम गए। वहाँ कम्पनी के तेल के कुएँ थे। लेकिन पहली अनुभूति कम्पनी के वर्चस्व की नहीं अरब महासागर के वर्चस्व की हुई। एक तरफ हरे-भरे पेड़ों के बीच स्थित बड़ी-बड़ी फैक्टरियाँ, दूसरी तरफ हहराता अरब सागर।

एक दिन उन्हें वीरपुर भी भेजा गया। राजकोट से पचास मील पर इस छोटे से कस्बे में जलराम बाबा का शक्तिपीठ था। वहाँ के पुजारी को पवन ने गुर्जर गैस का महत्त्व समझाकर छह गैस कनेक्शन का आर्डर लिया। कुछ ही देर में जलराम बाबा के भक्तों और समर्थकों में खबर फैल गई कि बाबा ने गुर्जर गैस वापरने (इस्तेमाल करने) का आदेश दिया है। देखते-ही-देखते शाम तक पवन और अनुपम ने 264 गैस कनेक्शन का आदेश प्राप्त कर लिया। वैसे गुर्जर गैस का मुकाबला हर जगह आई.ओ.सी. से था। लोग औद्योगिक और घरेलू इस्तेमाल के अन्तर को महत्त्व नहीं देते। जिसमें चार पैसे बचें वही उन्हें बेहतर लगता। कई जगह उन्हें पुलिस की मदद लेनी पड़ी कि घरेलू गैस का इस्तेमाल औद्योगिक इकाइयों में न किया जाए।

किरीट देसाई ने उससे चार दिन की छुट्टी माँगी तो पवन का माथा ठनक गया। निजी उद्यम में दो घंटे की छुट्टी लेना भी फिजूलखर्ची समझा जाता

था फिर यह तो इकट्ठे चार दिन का मसला था। किरीट की गैरहाजिरी का मतलब था एक ग्रामीण क्षेत्र से चार दिनों के लिए बिल्कुल कट जाना।

''आखिर तुम्हें ऐसा क्या काम आ पड़ा?''

''अगर मैं बताऊँगा तो आप छुट्टी नहीं देंगे।''

''क्या तुम शादी करने जा रहे हो?''

''नहीं सर। मैंने आपको बोला न मेरे को जरूर जाना माँगता।''

बहुत कुरेदने पर पता चला किरीट देसाई सरल मार्ग के कैम्प में जाना चाहता है। राजकोट में ही तेरह मील दूर पर उसके स्वामी जी का कैम्प लगेगा।

''जो काम तुम्हारे माँ-बाप के लायक है वह तुम अभी से करोगे।'' पवन ने कहा।

''नहीं सर, आप एक दिन कैम्प के मेडिटेशन में भाग लीजिए। मन को बहुत शान्ति मिलती है। स्वामी जी कहते हैं, मेडिटेशन प्रिपेर्स यू फॉर योर मन्डेज।'' (ध्यान लगाने से आप सोमवारों का सामना बेहतर ढंग से कर सकते हैं।)

''तो इसके लिए छुट्टी की क्या जरूरत। तुम काम से लौटकर भी कैम्प में जा सकते हो।''

''नहीं सर। पूजा और ध्यान फुलटाइम काम है।''

पवन ने बेमन से किरीट को छुट्टी दे दी। मन-ही-मन वह भुनभुनाता रहा। एक शाम वह यों ही कैम्प की तरफ चल पड़ा। दिमाग में कहीं यह भी था कि किरीट की मौजूदगी जाँच ली जाए।

राजकोट जूनागढ़ लिंक रोड पर दाहिने हाथ को विशाल फाटक पर ध्यान शिविर सरल मार्ग का बोर्ड लगा था। तकरीबन एक स्वतन्त्र नगर बसा था। कारों का काफिला आ और जा रहा था। इतनी भीड़ थी कि उसमें किरीट को ढूँढ़ना मुमकिन नहीं था। जिज्ञासावश पवन अन्दर घुसा। विशाल परिसर में एक तरफ बड़ी-सी खुली जगह वाहन खड़े करने के लिए छोड़ी गई थी जो तीन चौथाई भरी हुई थी। वहीं आगे की ओर लाल

पीले रंग का पंडाल था। दूसरी तरफ तरतीब से तम्बू लगे हुए थे। कुछ तम्बुओं के बाहर कपड़े सूख रहे थे। उस भाग में भी एक फाटक था जिस पर लिखा था प्रवेश निषेध।

पंडाल के अन्दर जब पवन घुसने में सफल हुआ तब स्वामी जी का प्रवचन समापन प्रक्रिया में था। वे निहायत शान्त, संयत, गहन गम्भीर वाणी में कह रहे थे, "प्रेम करो, प्राणिमात्र से प्रेम करो। प्रेम टेलीफोन कनेक्शन नहीं है जो आप सिर्फ एक मनुष्य से बात करें। प्रेम वह आलोक है जो समूचे कमरे को, समूचे जीवन को आलोकित करता है, अब हम ध्यान करेंगे, ओम्।"

उनके 'ओम्' कहते ही पाँच हजार श्रोताओं से भरे पंडाल में सन्नाटा खिंच गया। जो जहाँ जैसा बैठा था वैसा ही आँख मूँदकर ध्यानमग्न हो गया।

आँखें बन्द कर पाँच मिनट बैठने पर पवन को भी असीम शान्ति का अनुभव हुआ। कुछ-कुछ वैसा जैसा तब होता जब वह लड़कपन में बहुत भाग-दौड़ कर लेता था तो माँ उसे जबरदस्ती अपने साथ लिटा लेती और थपकते हुए डपटती, "बच्चा है कि आफत। चुपचाप आँख बन्द कर, और सो जा।" उसे लगा अगर कुछ और देर वह ऐसे बैठ गया तो वाकई सो जाएगा।

उसने हल्के से आँख खोलकर अगल-बगल देखा, सब ध्यानमग्न थे। देखने से सभी वी.आई.पी. किस्म के भक्त थे, जेब में झाँकता मोबाइल फोन और घुटनों के बीच दबी मिनरल वाटर की बोतल उन्हें एक अलग दर्जा दे रही थी। सफलता के कीर्तिमान तलाशते ये भक्त जाने किस जैट रफ्तार से दिन भर दौड़ते थे, अपनी बिजनेस या नौकरी की लक्ष्य पूर्ति के कलपुर्जे बने मनुष्य। पर यहाँ इस वक्त ये शान्ति के शरणागत थे।

कुछ देर बाद सभा विसर्जित हुई। सबने स्वामी जी को मौन नमन किया और अपने-अपने वाहन की दिशा में चल दिए। पार्किंग स्थल पर गाड़ियों की घर-घराहट और तीखे मीठे हॉर्न सुनाई देने लगे। वापसी में

पवन का किरीट के प्रति आक्रोश शान्त हो चुका था। उसे अपना स्नायु मंडल शान्त और स्वस्थ लग रहा था। उसे यह उचित लगा कि आपा-धापी से भरे जीवन में चार दिन का समय ध्यान के लिए निकाला जाए। स्वामी जी के विचार भी उसे मौलिकता और ताजगी से भरे लगे। जहाँ अधिसंख्य गुरुजन धर्म को महिमामंडित करते हैं, किरीट के स्वामी जी केवल अध्यात्म पर बल देते हैं। चिन्तन, मनन और आत्मशुद्धि उनके सरल मार्ग के सिद्धान्त थे।

सरल मार्ग मिशन के भक्त उन भक्तों से नितान्त भिन्न थे जो उसने अपने शहर में साल-दर-साल माघ मेले में आते देखे थे। दीनता की प्रतिमूर्ति बने वे भक्त असाध्य कष्ट झेलकर प्रयाग के संगम तट पर पहुँचते। निजी सम्पदा के नाम पर उनके पास एक अदद मैली-कुचैली गठरी होती, साथ में बूढ़ी माँ या आजी और अंटी में गठियाये दस-बीस रुपए। कुम्भ के पर्व पर लाखों की संख्या में ये भक्त गंगा मैया तक पहुँचते, डुबकी लगाते और मुक्ति की कामना के साथ घर वापस लौट जाते। संज्ञा की बजाय सर्वनाम बनकर जीते वे भक्त बस इतना समझते कि गंगा पतित पावन है और उनके कृत्यों की तारिणी। इससे ऊपर तर्कशक्ति विकसित करना उनका अभीष्ट नहीं था।

पर किरीट के स्वामी कृष्णा स्वामी जी महाराज के भक्त समुदाय में एक से एक सुशिक्षित उच्च पदस्थ अधिकारी और व्यवसायी थे। कोई डॉक्टर था तो कोई इंजीनियर, कोई बैंक अफसर तो कोई प्राइवेट सेक्टर का मैनेजर। यहाँ तक कि कई चोटी के कलाकार भी उनके भक्तों में शुमार थे। साल में चार बार वे अपना शिविर लगाते, देश के अलग-अलग नगरों में। समूचे देश से उनके भक्त वहाँ पहुँचते। उनके कुछ विदेशी भक्त भी थे जो भारतीयों से ज्यादा स्वदेशी बनने और दिखने की कोशिश करते।

पवन ने दो-चार बार स्वामी जी का प्रवचन सुना। स्वामी जी की वक्तृता असरदार थी और व्यक्तित्व परम आकर्षक। वे दक्षिण भारतीय

तहमद के ऊपर उत्तर भारतीय कुर्ता धारण करते। अन्य धर्माचार्यों की तरह उन्होंने न केश बढ़ा रखे थे, न दाढ़ी। वे मानते थे कि मनुष्य को अपना बाह्य स्वरूप भी अन्तःस्वरूप की तरह स्वच्छ रखना चाहिए। उनका यथार्थवादी जीवन दर्शन उनके भक्तों को बहुत सही लगता। वे सब भी अपने यथार्थ को त्याग कर नहीं, उसमें से चार दिन की मोहलत निकालकर इस आध्यात्मिक हॉलिडे के लिए आते। वे इसे एक 'अनुभव' मानते। स्वामी जी एकदम धारदार, विश्वसनीय अंग्रेजी में भारतीय मनीषा की शक्ति और सामर्थ्य समझाते, भक्तों का सिर देशप्रेम से उन्नत हो जाता। स्वामी जी हिन्दी भी बखूबी बोल लेते। महिला शिविर में वे अपना आधा वक्तव्य हिन्दी में देते और आधा अंग्रेजी में।

सरल मार्ग मिशन आरम्भ करने से पूर्व स्वामी जी पी.पी.के. कम्पनी में कार्मिक प्रबन्धक थे। मिशन की संरचना, संचालन और कार्य योजना में उनका प्रबन्धकीय कौशल देखने को मिलता था। शिविर में इतनी भीड़ एकत्र होती थी पर न कहीं अराजकता होती न शान्ति भंग। अनजाने में पवन उनसे प्रभावित होता जा रहा था। पर किसी भी प्रभाव की आत्यंतिकता उस पर ठहर नहीं पाती क्योंकि काम के सिलसिले में उसे राजकोट के आसपास के क्षेत्रों के अलावा बार-बार अहमदाबाद भी जाना पड़ता। अहमदाबाद में दोस्तों से मिलना भी भला लगता। अभिषेक के यहाँ जाकर अंकुर की नई शरारतें देखना सुख देता।

अभिषेक जिस विज्ञापन कम्पनी में काम करता था उसमें आजकल एक अन्य कम्पनी की टक्कर में टूथपेस्ट युद्ध छिड़ा हुआ था। दोनों के विज्ञापन एक के बाद एक टी.वी. के चैनलों पर दिखाए जाते। एक में डेंटिस्ट का बयान प्रमाण की तरह दिया जाता तो दूसरे में उसी बयान का खंडन। दोनों टूथपेस्ट बहुराष्ट्रीय कम्पनियों के थे। इन कम्पनियों का

जितना धन टूथपेस्ट के निर्माण में लग रहा था लगभग उतना ही उसके प्रचार में। दोनों टूथपेस्ट तकरीबन एक से थे, दोनों की रंगत भी एक थी पर कम्पनी भिन्न होने से उनकी भिन्नता और उत्कृष्टता सिद्ध करने की होड़ मची थी। इसी के लिए अभिषेक की कम्पनी क्रिसेन्ट कोर्पोरेशन को नब्बे लाख का प्रचार अभियान मिला था।

अभिषेक ने विजुअलाइजर से आइडिया समझा। स्क्रिप्ट लिखी गई। अब विज्ञापन फिल्म बननी थी। उन्हें ऐसी मॉडल की तलाश थी जिसके व्यक्तित्व में दाँत प्रधान हों, साथ ही वह खूबसूरत भी हो। इसके अलावा दो एक पंक्ति के डायलॉग बोलने का उसे शऊर हो। उनके पास मॉडल्स की एक स्थायी सूची थी पर इस वक्त वह काम नहीं आ रही थी। मुश्किल यह थी किसी भी उत्पाद का प्रचार करने में एक मॉडल का चेहरा दिन में इतनी बार मीडिया संजाल पर दिखाया जाता कि वह उसी उत्पाद के विज्ञापन से चिपककर रह जाता। अगले किसी उत्पाद के विज्ञापन में उस मॉडल को लेने से विज्ञापन ही पिट जाता। नए चेहरों की भी कमी नहीं थी। रोज ही इस क्षेत्र में नई लड़कियाँ आती जा रही थीं जो जोखम उठाने को तैयार थीं पर उन्हें मॉडल बनाए जाने का भी एक तन्त्र था। अगर सबकुछ तय होने के बाद कैमरामैन उसे नापास कर दे तब भी उसे लेना मुश्किल था।

आजकल अभिषेक के जिम्मे मॉडल का चुनाव था। वह एक ब्यूटी पॉर्लर की मालकिन निक्किता पर दबाव डाल रहा था कि वह अपनी बेटी तान्या को मॉडलिंग करने दे। इस सिलसिले में वह कई बार 'रोजेज' पार्लर में गया। इसी को लेकर पति-पत्नी में तनाव हो गया।

राजुल का मानना था कि रोजेज अच्छी जगह नहीं है। वहाँ सौन्दर्य उपचार की आड़ में गलत धन्धे होते हैं। उसका कहना था कि विज्ञापन फिल्म बनाने का काम उनकी कम्पनी की मुम्बई इकाई करे, यहाँ अहमदाबाद में अच्छी फिल्म बनाना मुमकिन नहीं है। अभिषेक का कहना था कि वह बम्बइया फिल्मों से अघा गया है वह यहीं मौलिक काम कर

दिखाएगा।

"यों कहो कि तुम्हें मॉडल की तलाश में मजा आ रहा है।" राजुल ने ताना मारा।

"यही समझ लो। यह मेरा काम है, इसी की मुझे तनख्वाह मिलती है।"

"मजे हैं तनख्वाह भी मिलती है, लड़की भी मिलती है।"

अभिषेक उखड़ गया, "क्या मतलब तुम्हारा। तुम हमेशा टेढ़ा सोचती हो। जैसे तुम्हारे टेढ़े दाँत हैं वैसा टेढ़ा तुम्हारा सोच है।"

राजुल का, ऊपर-नीचे का एक-एक दाँत टेढ़ा उगा हुआ था। विशेष कोण से देखने पर वह हँसते हुए अच्छा लगता था।

"शुरू में इसी बाँके दाँत पर आप फिदा हुए थे।" राजुल ने कहा, "आज आपको यह भद्दा लगने लगा।"

"फिर तुमने गलत शब्द इस्तेमाल किया। बाँका शब्द दाँत के साथ नहीं बोला जाता। बाँकी अदा होती है, दाँत नहीं।"

"शब्द अपनी जगह से हट भी सकते हैं। शब्द पत्थर नहीं हैं जो अचल रहें।"

"तुम अपनी भाषा की कमजोरी छुपा रही हो।"

"कोई भी बात हो, सबसे पहले तुम मेरे दोष गिनाने लगते हो

"तुम मेरा दिमाग खराब कर देती हो।"

"अच्छा सॉरी पर अब तुम निकिता के यहाँ नहीं जाओगे। इससे अच्छा है तुम यूनिवर्सिटी की छात्राओं में सही चेहरा तपास करो।"

"तपास नहीं तलाश करो।"

"तलाश सही पर तुम रोजेज नहीं जाओगे।"

जब से राजुल ने नौकरी छोड़ी उसके अन्दर असुरक्षा की भावना घर कर गई थी। साढ़े चार साल की नौकरी के बाद वह सिर्फ इसलिए हटा दी गई क्योंकि उसने विवाह कर लिया था। उसकी विज्ञापन एजेंसी मानती थी कि घर और दफ्तर दोनों मोर्चे सँभालना लड़कियों के बस की

बात नहीं। खासतौर पर जब वह गर्भवती थी, उसके हाथ से सारे महत्त्वपूर्ण कार्य लेकर साधना सिंह को दे दिए गए। अंकुर के पैदा होने तक दफ्तर में माहौल इतना बिगड़ गया कि प्रसव के पश्चात राजुल ने त्यागपत्र दे दिया। पर तब से वह पति के प्रति बड़ी सतर्क और सन्देहशील हो गई थी। उसे लगता था अभिषेक उतना व्यस्त नहीं जितना वह नाट्य करता है। फिर विज्ञापन कम्पनी की दुनिया परिवर्तन और आकर्षण से भरपूर थी। रोज नई-नई लड़कियाँ मॉडल बनने का सपना आँखों में लिए हुए कम्पनी के द्वार खटखटातीं। उनके शोषण की आशंका से इनकार नहीं किया जा सकता था।

विज्ञापन एजेंसी का सारा संजाल स्वयं देख लेने से इधर कई दिनों से राजुल को अन्य सवाल उद्वेलित कर रहे थे, उन पर वह अभिषेक के साथ बहस करना चाहती थी। पर अभिषेक जब भी घर आता, लम्बी बातचीत के मूड में हरगिज न होता। बल्कि वह चिड़चिड़ा ही लौटता।

उस दिन वे खाना खा रहे थे। टी.वी. चल रहा था। समाचार से पहले 'स्पार्कल' टूथपेस्ट का विज्ञापन फ्लैश हुआ। इसकी कापी अभिषेक ने तैयार की थी।

अंकुर चिल्लाया, "पापा का एड, पापा का एड।"

यह विज्ञापन आज पाँचवीं बार आया था पर वे सब ध्यान से देख रहे थे। विज्ञापन में पार्टी का दृश्य था जिसमें हीरो के कुछ कहने पर हीरोइन हँसती है। उसकी हँसी में हर दाँत से मोती गिरते हैं। हीरो उन्हें अपनी हथेली पर लोक लेता है। सारे मोती इकट्ठे होकर 'स्पार्कल' टूथपेस्ट की ट्यूब बन जाते हैं। अगले शॉट में हीरो-हीरोइन लगभग चुम्बनबद्ध हो जाते हैं।

अभिषेक ने कहा, "राजुल कैसा लगा एड?"

"ठीक ही है" राजुल ने कहा। उसके उत्साहविहीन स्वर से अभिषेक का मूड उखड़ गया। उसे लगा राजुल उसके काम को जीरो दे रही है, "ऐसी श्मशान आवाज में क्यों बोल रही हो?"

"नहीं मैं सोच रही थी, विज्ञापन कितनी अतिशयोक्ति करते हैं। सच्चाई यह है कि न किसी के हँसने से फूल झरते हैं न मोती, फिर भी मुहावरा है कि लीक पीट रहा है।"

"सच्चाई तो यह है कि मॉडल लीना भी स्पार्कल इस्तेमाल नहीं करती। वह प्रतिद्वन्द्वी कम्पनी का टिक्को इस्तेमाल करती है। पर हमें सच्चाई नहीं, प्रॉडक्ट बेचनी है।"

"पर लोग तुम्हारे विज्ञापनों को ही सच मानते हैं। क्या यह उनके प्रति धोखा नहीं है?"

"बिल्कुल नहीं। आखिर हम टूथपेस्ट की जगह टूथपेस्ट ही दिखा रहे हैं, घोड़े की लीद नहीं। सभी टूथपेस्टों में एक-सी चीजें पड़ी होती हैं। किसी में रंग ज्यादा होता है किसी में कम। किसी में फोम ज्यादा, किसी में कम।"

"ऐसे में कापीराइटर की नैतिकता क्या कहती है?"

"ओ शिट। सीधा-सादा एक प्रॉडक्ट बेचना है, इसमें तुम नैतिकता और सच्चाई जैसे भारी-भरकम सवाल मेरे सिर पर दे मार रही हो। मैंने आई.आई.एम. में दो साल भाड़ नहीं झोंका। वहाँ से मार्केटिंग सीखकर निकला हूँ। आई कैन सैल ए डैड रैट (मैं मरा चूहा भी बेच सकता हूँ।) यह सच्चाई, नैतिकता सब मैं दर्जा चार तक मॉरल साइंस में पढ़कर भूल चुका हूँ। मुझे इस तरह की डोज मत पिलाया करो, समझीं।"

राजुल मन-ही-मन उसे गाली देती बर्तन समेटकर रसोई में चली गई। अभिषेक मुँह फेरकर सो गया।

अगले दिन पवन आया। वह अंकुर के लिए छोटा-सा क्रिकेट बैट और गेंद लाया था। अंकुर तुरन्त बालकनी से अपने दोस्तों को आवाज देने लगा, "शुब्बू रुनझुन जल्दी आओ, बैट बॉल खेलना।"

अभिषेक अभी ऑफिस से नहीं लौटा था। राजुल ने दो गिलास कोल्ड कॉफी बनाई। एक गिलास पवन को थमाकर बोली, "तुम्हें विज्ञापनों की दुनिया कैसी लगती है?"

"बहुत अच्छी, जादुई राजुल, मुल्क की सारी हसीन लड़कियाँ विज्ञापनों में चली गई हैं, तभी तो राजकोट की सड़कों पर एक भी हसीना नजर नहीं आती।"

"गम्मत जम्मत छोड़ो, सीरियसली बोलो, ऐसा नहीं लगता कि मार्केटिंग के लिए विज्ञापन झूठ पर झूठ बोलते हैं।"

"मुझे ऐसा नहीं लगता। यह तो अभियान है इसमें सच और झूठ की बात कहाँ आती है।"

तभी अभिषेक भी आ गया। आज वह अच्छे मूड में था। उसके टूथपेस्ट वाले विज्ञापन को सर्वश्रेष्ठ विज्ञापन का सम्मान मिला था। उसने कहा, "राजुल कल तुम मुझे कंडैम कर रही थीं, आज मुझे उसी कॉपी पर एवार्ड मिला।"

"कांग्रेचुलेशन।" पवन और राजुल ने कहा।

"कल तो तुम लानतें कस रही थीं। मेरी परदादी की तरह बोल रही थीं।"

"जब एथिक्स की यानी नैतिकता की बात आएगी मैं फिर कहूँगी कि विज्ञापन झूठ बोलते हैं। पर अभि, ऐसा नहीं है कि सिर्फ तुम ऐसा करते हो, सब ऐसा करते हैं। जनता को बेवकूफ बनाते हैं।"

"जनता को शिक्षा और सूचना भी तो देते हैं।" पवन ने कहा।

"पर साथ में जनता की उम्मीदों को बढ़ाकर उसका पैसा नष्ट करवाते हैं।" राजुल ने कहा।

"हा हा आज तक मैंने कोई ऐसा विज्ञापन नहीं देखा जो कहता हो यह चीज न खरीदिए।" अभिषेक ने कहा, "विज्ञापन की दुनिया खर्च और बिक्री की दुनिया है। हम सपनों के सौदागर हैं, जिसे चाहिए बाजार जाए, सपनों और उम्मीदों से भरी ट्यूब खरीद ले। ये विज्ञापन का ही कमाल है कि हमारे तीन सदस्यों वाले परिवार में तीन तरह के टूथपेस्ट आते हैं। अंकुर को धारियों वाला टूथपेस्ट पसन्द हैं, तुम्हें वह षोड़सी वाला और मुझे साँस की बदबू दूर करनेवाला। टूथपेस्ट तो फिर भी गनीमत है,

तुम्हें पता है—डिटरजेंट के विज्ञापन में और भी अंधेर है। हम लोग सोना डिटरजेंट की एड फिल्म जब शूट कर रहे थे तो सीवर्स के क्लीन डिटरजेंट से हमने बाल्टी में झाग उठवाए थे। क्लीन में सोना से ज्यादा झाग पैदा करने की ताकत है।''

पवन ने कहा, ''दरअसल बाजार के अर्थशास्त्र में नैतिकता जैसा शब्द लाकर, राजुल, तुम सिर्फ कनफ्यूजन फैला रही हो। मैंने अब तक पाँच सौ किताबें तो मैनेजमेंट और मार्केटिंग पर पढ़ी होंगी। उनमें नैतिकता पर कोई चैप्टर नहीं है।''

स्टैला डिमैलो एंटरप्राइज कार्पोरेशन में बराबर की पार्टनर थी और उसकी कम्पनी गुर्जर गैस कम्पनी को कम्प्यूटर सप्लाई करती थी। पहले तो वह पवन के लिए कारोबारी चिट्ठियों पर महज एक हस्ताक्षर थी। पर जब कम्प्यूटर की दो एक समस्या समझने पवन शिल्पा के साथ उसके ऑफिस गया तो इस दुबली-पतली हँसमुख लड़की से उसका अच्छा परिचय हो गया।

स्टैला की उम्र मुश्किल से चौबीस साल थी पर उसने अपने माता-पिता के साथ आधी दुनिया घूम रखी थी। उसकी माँ सिन्धी और पिता ईसाई थे। माँ से उसे गोरी रंगत मिली थी और पिता से तराशदार नाक-नक्श। जीन्स और टॉप में वह लड़का ज्यादा और लड़की कम नजर आती। उसके ऑफिस में हर समय गहमागहमी रहती। फोन बजता रहता। फैक्स आते रहते। कभी किसी फैक्ट्री से बीस कम्प्यूटर्स का एक साथ आर्डर मिल जाता, कभी कहीं कान्फ्रेंस से बुलावा आ जाता। उसने कई तकनीशियन रखे हुए थे। अपने व्यवसाय के हर पहलू पर उसकी तेज नजर रहती।

इस बार पवन अपने घर गया तो उसने पाया वह अपने नए शहर

और काम के बारे में घरवालों को बताते समय कई बार स्टैला का जिक्र कर गया। सघन बी.एस-सी. के बाद कम्प्यूटर हार्डवेयर का कोर्स कर रहा था। पवन ने कहा, ''तुम इस बार मेरे साथ राजकोट चलो, तुम्हें ऐसे कम्प्यूटर वर्ल्ड में प्रवेश दिलाऊँगा कि तुम्हारी आँखें खुली रह जाएँगी।''

सघन ने कहा, ''जाना होगा तो हैदराबाद जाऊँगा, वह तो साइबर सिटी है।''

''एक बार तुम एंटरप्राइज ज्वाइन करोगे तो देखोगे वह साइबर सिटी से कम नहीं।''

माँ ने कहा, ''इसको भी ले जाओगे तो हम दोनों बिल्कुल अकेले रह जाएँगे। वैसे ही यह सीनियर सिटिजन कॉलोनी बनती जा रही है। सबके बच्चे पढ़-लिखकर बाहर चले जा रहे हैं। हर घर में, समझो एक बूढ़ा, एक बूढ़ी, एक कुत्ता और एक कार बस यह रह गया है।''

''इलाहाबाद में कुछ भी बदलता नहीं है माँ। दो साल पहले जैसा था वैसा ही अब भी है। तुम राजकोट चली जाओ।''

''और तेरे पापा? वे यह शहर छोड़कर जाने को तैयार नहीं हैं।''

पापा से बात की गयी। उन्होंने साफ इनकार कर दिया।

''शहर छोड़ने की भी एक उम्र होती है बेटे। इससे अच्छा है तुम किसी ऐसी कम्पनी में हो जाओ जो आसपास कहीं हो।''

''यहाँ मेरे लायक नौकरी कहाँ पापा। ज्यादा-से-ज्यादा नैनी में नूरामेंट की मार्केटिंग कर लूँगा।''

''दिल्ली तक भी आ जाओ तो? सच दिल्ली आना-जाना बिल्कुल मुश्किल नहीं है। रात को प्रयागराज एक्सप्रेस से चलो, सवेरे दिल्ली। कम-से-कम हर महीने तुम्हें देख तो लेंगे। या कलकत्ते आ जाओ। वह तो महानगर है।''

''पापा मेरे लिए शहर महत्त्वपूर्ण नहीं है, कैरियर है। अब कलकत्ते को ही लीजिए। कहने को महानगर है पर मार्केटिंग की दृष्टि से एकदम लद्धड़। कलकत्ते में प्रोड्यूसर्स का मार्केट है, कंज्यूमर्स का नहीं। मैं ऐसे

शहर में रहना चाहता हूँ जहाँ कल्चर हो न हो, कंज्यूमर कल्चर जरूर हो। मुझे संस्कृति नहीं उपभोक्ता संस्कृति चाहिए, तभी मैं कामयाब रहूँगा।''

माता-पिता को पवन की बातों ने स्तम्भित कर दिया। बेटा उस उम्मीद को भी खत्म किए दे रहा था जिसकी डोर से बँधे-बँधे वे उसे टाइम्स ऑफ इंडिया की दिल्ली रिक्तियों के कागज डाक से भेजा करते थे।

रात को जब पवन अपने कमरे में चला गया राकेश पांडेय ने पत्नी ने कहा, ''आज पवन की बातें सुनकर मुझे बड़ा धक्का लगा। इसने तो घर के संस्कारों को एकदम ही त्याग दिया।''

रेखा दिन-भर के काम से पस्त थी, थके स्वर में बोली, ''पहले तुम्हें भय था कि बच्चे कहीं तुम जैसे आदर्शवादी न बन जाएँ इसीलिए उसे एम.बी.ए. कराया। अब वह यथार्थवादी बन गया है तो तुम्हें तकलीफ हो रही है। जहाँ जैसी नौकरी कर रहा है, वहीं के कायदे कानून तो ग्रहण करेगा।''

''यानी तुम्हें उसके एटिट्यूड से कोई शिकायत नहीं।'' राकेश हैरान हुए।

''देखो अभी उसकी नई नौकरी है। इसमें उसे पाँव जमाने दो। घर से दूर जाने का मतलब यह नहीं होता कि बच्चा घर भूल गया है। कैसे मेरी गोद में सिर रखकर दोपहर को लेटा हुआ था। एम.ए.बी.ए. करके यहीं चप्पल चटकाता रहता, तब भी तो हमें परेशानी होती।''

रेखा का चचेरा भाई भी नागपुर में मार्केटिंग मैनेजर था। उसे थोड़ा अन्दाज था कि इस क्षेत्र में कितनी स्पर्धा होती है। वह एक फटीचर पाठशाला में अध्यापिका थी। उसके लिए बेटे की कामयाबी गर्व का विषय थी। उसकी सहयोगी अध्यागिकाओं के बच्चे पढाई के बाद तरह-तरह के संघर्षों में लगे थे। कोई आई.ए.एस. परीक्षाओं को पार नहीं कर पा रहा था तो किसी को बैंक की प्रतियोगी परीक्षा सता रही थी। किसी का बेटा इंटरव्यू में असफल होने के बाद नशे की लत में पड़ गया था तो किसी

की बेटी हर साल पी.एम.टी. में अटक जाती। जीवन के पचपनवें साल में रेखा को यह सोचकर बहुत अच्छा लगता कि उसके दोनों बच्चे पढ़ाई में अव्वल रहे और उन्होंने खुद ही अपने कैरियर की दिशा तय कर ली। सघन अभी छोटा था पर वह भी जब अपने कैरियर पर विचार करता, उसे दूसरे शहरों में ही सम्भावनाएँ नजर आतीं। वह दोस्तों से माँगकर देश-विदेश के कम्प्यूटर जर्नल पढ़ता। उसका ज्यादा समय ऐसे दोस्तों के घरों में बीतता जहाँ कम्प्यूटर होता।

राकेश बोले, ‘‘तुम समझ नहीं रही हो। पवन के बहाने एक पूरी की पूरी युवा पीढ़ी को पहचानो। ये अपनी जड़ों से कटकर जीने वाले लड़के समाज की कैसी तस्वीर तैयार करेंगे।’’

‘‘और जो जड़ों से जुड़े रहे हैं उन्होंने इन सौ वर्षों में कौन-सा परिवर्तन किया? तुम्हें इतना ही कष्ट है तो क्यों करवाया था पवन को एम.बी.ए.। घर के बरामदे में दुकान खुलवा देते, माचिस और साबुन बेचता रहता।’’

‘‘तुम मूर्ख हो, ऐसा भी नहीं लगता मुझे, बस मेरी बात काटना तुम्हें अच्छा लगता है।’’

‘‘अच्छा अब सो जाओ। और देखो, सुबह पवन के सामने फिर बहस मत छेड़ देना। चार रोज को बच्चा घर आया है, राजी खुशी रहे, राजी खुशी जाए।’’

रेखा ने रात को तो पुत्र की पक्षधरता की पर अगले दिन स्कूल से घर लौटी तो पवन से उसकी खटपट हो गई। दोपहर में धोबी कपड़े इस्त्री करके लाया था। आठ कपड़ों के बारह रुपए होते थे पर धोबी ने सोलह माँगे। पवन ने सोलह रुपए दे दिए।

पता चलने पर रेखा उखड़ गई। उसने कहा, ‘‘बेटे कपड़े लेकर रख लेने थे, हिसाब मैं अपने आप करती।’’

पवन बोला, ‘‘माँ क्या फर्क पड़ा, मैंने दे दिया।’’

रेखा ने कहा, ‘‘टूरिस्ट की तरह तुमने उसे मनमाने पैसे दे दिए, वह

अपना रेट बढ़ा देगा तो रोज भुगतना तो मुझे पड़ेगा।''

पवन को टूरिस्ट शब्द पत्थर की तरह चुभ गया। उसका गोरा चेहरा क्रोध से लाल हो गया, ''माँ आपने मुझे टूरिस्ट कह दिया। मैं अपने घर आया हूँ, टूर पर नहीं निकला हूँ।''

शाम तक पवन किचकिचाता रहा। उसने पिता से शिकायत की। पिता ने कहा, ''यह निहायत टुच्ची-सी बात है। तुम क्यों परेशान हो रहे हो। तुम्हें पता है तुम्हारी माँ की जुबान बेलगाम है। छोटी-सी बात पर बड़ी-सी बात जड़ देती है।''

नौकरी लग जाने के साथ पवन बहुत नाजुक मिजाज हो गया था। उसे ऑफिस में अपना वर्चस्व और शक्ति याद हो आई, ''दफ्तर में सब मुझे पवन सर या मिस्टर पांडे कहते हैं। किसी की हिम्मत नहीं कि मेरे आदेश की अवहेलना करे। घर में किसी को अपनी मर्जी से मैं चार रुपए नहीं दे सकता।''

रेखा सहम गई। ''बेटे मेरा मतलब यह नहीं था। मैं तो सिर्फ यह कह रही थी कि कपड़े रोज इस्त्री होते हैं, एक बार इन लोगों को ज्यादा पैसे दे दो तो ये एकदम सिर चढ़ जाते हैं।''

और भी छोटी-छोटी कितनी बातें थीं जिनमें माँ बेटे का दृष्टिकोण एकदम अलग था। पवन ने कहा, ''माँ मेरा जन्मदिन इस बार यों ही निकल गया। आपने फोन किया पर ग्रीटिंग कार्ड नहीं भेजा।''

रेखा हैरान रह गई। ''बेटे ग्रीटिंग कार्ड तो बाहरी लोगों को भेजा जाता है। तुम्हें पता है तुम्हारा जन्मदिन हम कैसे मनाते हैं। हमेशा की तरह मैं मन्दिर गई, स्कूल में सबको मिठाई खिलाई, रात को तुम्हें फोन किया।''

''मेरे सब कलीग्स हँसी उड़ा रहे थे कि तुम्हारे घर से कोई ग्रीटिंग कार्ड नहीं आया।''

माँ को लगा उन्हें अपने बेटे को प्यार करने का नया तरीका सीखना पड़ेगा।

मुश्किल से पाँच दिन ठहरा पवन। रेखा ने सोचा था उसकी पसन्द की कोई-न-कोई डिश रोज बनाकर उसे खिलाएगी पर पहले ही दिन उसका पेट खराब हो गया। पवन ने कहा, ''माँ मैं नीबू पानी के सिवा कुछ नहीं लूँगा। दोपहर को थोड़ी-सी खिचड़ी बना देना। और पानी कौन-सा इस्तेमाल करते हैं आप लोग?''

''वही जो तुम जन्म से पीते आए हो। गंगा जल आता है हमारे नल में।'' रेखा ने कहा।

''तब से अब तक गंगा जी में न जाने कितना मल मूत्र विसर्जित हो चुका है। मैं तो कहूँगा यह पानी आपके लिए भी घातक है। एक्वागार्ड क्यों नहीं लगाते?''

''याद करो, तुम्हीं कहा करते थे फिल्टर से अच्छा है हम अपने सिस्टम में प्रतिरोधक शक्ति का विकास करें।''

''वह सब फिजूल की भावुकता थी माँ। तुम इस पानी की एक बूँद अगर माइक्रोस्कोप के नीचे देख लो तो कभी न पियो।''

पवन को अपनी जन्मभूमि का पानी रास नहीं आ रहा था। शाम को पवन ने सघन से बारह बोतलें मिनरल वॉटर मँगाया। रसोई के लिए रेखा ने पानी उबालना शुरू किया। नल का जल विषतुल्य हो गया।

देस में परदेसी हो गया पवन।

तबीयत कुछ सँभलने पर उसने अपने पुराने दोस्तों की तलाश की। पता चला अधिकांश शहर छोड़ चुके हैं या जो हैं, वे इतने ठंडे और अजनबी हो गए हैं कि उनके साथ दस मिनट बिताना भी सजा है।

पवन ने दुखी होकर पापा से कहा, ''मैं नाहक इतनी दूर आया। सघन सारा दिन कम्प्यूटर सेण्टरों की खाक छानता है। आप अखबारों में लगे रहते हैं। माँ सुबह की गई शाम को लौटती है। क्या मिला मुझे यहाँ आकर!''

''तुमने हमें देख लिया, क्या यह काफी नहीं।''

''यह काम तो मैं एंटरप्राइज के सैटेलाइट फोन से भी कर सकता

था। मुझे लगता है यह वह शहर नहीं जिसे मैं छोड़कर गया था।''

''शहर और घर रहने से बसते हैं बेटा। अब इतनी दूर एक अनजान जगह को तुमने अपना ठिकाना बनाया है। परायी भाषा, पहनावा, और भोजन के बावजूद वह तुम्हें अपना लगने लगा होगा।''

''सच तो यह है पापा जहाँ हर महीने वेतन मिले, वही जगह अपनी होती है और कोई नहीं।''

''केवल अर्थशास्त्र से जीवन नहीं कटता पवन, उसमें थोड़ा दर्शन और अध्यात्म और ढेर-सी संवेदना भी पनपनी चाहिए।''

''आपको पता नहीं दुनिया कितनी तेजी से आगे बढ़ रही है, अब धर्म, दर्शन और अध्यात्म जीवन में हर समय रिसने वाले फोड़े नहीं हैं। आप सरल मार्ग के शिविर में कभी जाकर देखिए। चार-पाँच दिन का कोर्स होता है, वहाँ जाकर आप मेडिटेट कीजिए और छठे दिन वापस अपने काम से लग जाइए। यह नहीं कि डी.सी. बिजली की तरह हमेशा के लिए उससे चिपक जाइए।''

''तुमने तो हर चीज की पैकेजिंग ऐसी कर ली है कि वह जेब में समा जाए। भक्ति की कैपस्यूल बना कर बेचते हैं आजकल के धर्मगुरु। सुबह टी.वी. के सभी चैनलों पर एक न एक गुरु प्रवचन देता रहता है। पर उनमें वह बात कहाँ जो शंकराचार्य में थी या स्वामी विवेकानन्द में।''

''हर पुरानी चीज आपको श्रेष्ठ लगती है, यह आपकी दृष्टि का दोष है पापा। अगर ऐसा ही है तो आधुनिक चीजों का आप इस्तेमाल भी क्यों करते हैं। फेंक दीजिए अपना टी.वी. सेट, टेलीफोन और कुकिंग गैस। आप नई चीजों का फायदा भी लूटते हैं और उनकी आलोचना भी करते हैं।''

''पवन मेरी बात सिर्फ चीजों तक नहीं है।''

''मुझे पता है आप अध्यात्म और धर्म पर बोल रहे थे। आप कभी मेरे स्वामी जी को सुनिए। सबसे पहले तो उन्होंने यही समझाया कि धर्म जहाँ खत्म होता है, अध्यात्म वहीं शुरू होता है। आप बचपन में मुझे शंकर

का अद्वैतवाद समझाते थे। मेरे कुछ पल्ले नहीं पड़ता था। आपने जीवन में मुझे बहुत कन्फ्यूज किया है पर सरल मार्ग में एकदम सीधी सच्ची यथार्थवादी बातें हैं।''

पिता आहत हो देखते रह गए। उनके बेटे के व्यक्तित्व में भौतिकतावाद, अध्यात्म और यथार्थवाद की कैसी त्रिपथगा बह रही थी।

राजकोट ऑफिस से पवन के लिए ट्रंक कॉल आया कि सोमवार को वह सीधे ऑफिस पहुँचे। सभी मार्केटिंग मैनेजर्स की उच्च स्तरीय बैठक थी। पवन का मन एकाएक उत्साह से भर गया। पिछले पाँच दिन पाँच युग की तरह बीते थे। जाते-जाते वह परिवार के प्रति भावुक हो आया।

''माँ तुम राजकोट आना। पापा आप भी। मेरे पास बड़ा-सा फ्लैट है। आपको जरा भी दिक्कत नहीं होगी। अब तो कुक भी मिल गया है।''

''अब तेरी शादी भी कर दें, क्यों।'' रेखा ने पवन का मन टटोला।

''माँ शादी ऐसे थोड़े ही होगी। पहले तुम मेरे साथ सारा गुजरात घूमो। अरे वहाँ मेरे जैसे लड़कों की बड़ी पूछ है। वहाँ के गुज्जू लड़के बड़े पिचके दुचके से होते हैं। मेरा तो पापा जैसा कद देखकर ही लट्टू हो जाते हैं सब।''

''कोई लड़की देख रखी है क्या?'' रेखा ने कहा।

''एक हो तो बताऊँ। तुम आना तुम्हें सबसे मिलवा दूँगा।''

''पर शादी तो एक से ही करनी होती है।''

पवन हँसा। भाई को लिपटाता हुआ बोला, ''जान टमाटर तुम कब आओगे।''

''पहले अपना कम्प्यूटर तो बना लूँ।''

''इसमें तो बहुत दिन लगेंगे।''

''नहीं भैया, ममी एक बार दिल्ली जाने दें तो नेहरू प्लेस से बाकी सामान ले आऊँ।''

''ले ये हजार रुपए तू रख ले, काम आएँगे।''

मीटिंग में भाग लेने वाले सभी सदस्यों को प्रेसिडेंसी में ठहराया गया था। दो दिन के चार सत्रों में विपणन के सभी पहलुओं पर खुलकर बहस हुई। हैरानी की बात यह थी कि ईंधन जैसी आवश्यक वस्तु को भी ऐच्छिक उपभोक्ता सामग्री के वर्ग में रखकर इसके प्रसार और विकास का कार्यक्रम तैयार किया जा रहा था। बहुत-सी ईंधन कम्पनियाँ मैदान में आ गई थीं। कुछ बहुराष्ट्रीय तेल कम्पनियाँ एल.पी.जी. इकाई खोल चुकी थीं, कुछ खोलने वाली थीं। दूसरी तरफ कुछ उद्योगपतियों ने भी एल.पी.जी. बनाने के अधिकार हासिल कर लिए थे। इससे स्पर्धा तो बढ़ ही रही थी। व्यावसायिक उपभोक्ता भी कम हो रहे थे। निजी उद्योगपति मोठाबाई नानूभाई अपनी सभी फर्मों में अपनी बनाई एल.पी.जी. इस्तेमाल कर रहे थे जबकि पहले वहाँ जी.जी.सी.एल. की सिलिंडर जाती थी। बहुराष्ट्रीय कम्पनी की फितरत थी कि शुरू में वह अपने उत्पाद का दाम बहुत कम रखती। जब उसका नाम और वस्तु लोगों की निगाह में चढ़ जाते वह धीरे से अपना दाम बढ़ा देती। जी.जी.सी.एल. के मालिकों के लिए ये सब परिवर्तन सिर दर्द पैदा कर रहे थे। उन्होंने साफ तौर पर कहा, "पिछले पाँच वर्ष में कम्पनी में साठ करोड़ का घाटा हुआ है। हम आप सबको बस दो वर्ष देते हैं। या घाटा कम कीजिए या इस इकाई को बन्द कीजिए। हमारा क्या है, हम डेनिम बेचते थे, डेनिम बेचते रहेंगे। पर यह आप लोगों का फेलियर होगा कि इतनी बड़ी-बड़ी डिग्री और तनख्वाह लेकर भी आपने क्या किया। आप स्टडी कीजिए ऐसा क्या है जो एस्सो और शेल में है और जी.जी.सी.एल. में नहीं। वे भी हिन्दुस्तानी कर्मचारियों से काम लेते हैं, हम भी। वे भी वही लाल सिलिंडर बनाते हैं। हम भी।"

युवा मैनेजरों में एम.डी. की इस स्पीच से खलबली मच गई। एल.पी.जी. विभाग के अधिकारियों के चेहरे उतर गए। समापन सत्र शाम सात बजे सम्पन्न हुआ तब बहुतों को लगा जैसे यह उनका विदाई समारोह भी है।

पवन भी थोड़ा उखड़ गया। वह अपनी रिपोर्ट भी प्रस्तुत नहीं कर पाया कि सौराष्ट्र के कितने गाँवों में उसकी इकाई ने नए आर्डर लिए और कहाँ-कहाँ से अन्य कम्पनियों को अपदस्थ किया। रिपोर्ट की एक कॉपी उसने एम.डी. के सेक्रेटरी गायकवाड़ को दे दी।

राजकोट जाने से पहले अभिषेक से भी मिलना था। अनुपम उसके साथ था। उन्होंने घर पर फोन किया। पता चला अभी वह दफ्तर से नहीं आया।

वे दोनों आश्रम रोड उसके दफ्तर की तरफ चल दिए। अनुपम ने कहा, "मैं तो घर जाकर सबसे पहले अपना बायोडाटा अप टू डेट करता हूँ। लगता है यहाँ से छँटनी होनेवाली है।"

पवन हँसा, "बहुराष्ट्रीय कम्पनियों से संघर्ष करने का सबसे अच्छा तरीका है कि उनमें खुद घुस जाओ।"

अनुपम ने खुशी जताई, "वाह भाई, यह तो मैंने सोचा ही नहीं था।"

अभिषेक अपना काम समेट रहा था। दोस्तों को देख उसका चेहरा खिल उठा।

"पिछले बारह घंटे से मैं इस प्रेत के आगे बैठा हूँ।" उसने अपने कम्प्यूटर की तरफ इशारा किया, "अब मैं और नहीं झेल सकता। चलो कहीं बैठकर कॉफी पीते हैं फिर घर चलेंगे।"

वे कॉफी हाउस में अपने भविष्य से अधिक अपनी कम्पनियों के भविष्य की चिन्ता करते रहे। अभिषेक ने कहा, "निजी सेक्टर में सबसे खराब बात यही है, नथिंग इज आन पेपर। एम.डी. ने कहा घाटा है तो मानना पड़ेगा कि घाटा है। पब्लिक सेक्टर में कर्मचारी सिर पर चढ़ जाते

हैं, पाई-पाई का हिसाब दिखाना पड़ता है।''

''फिर भी पब्लिक सेक्टर में बीमार इकाइयों की बेशुमार संख्या है। प्राइवेट सेक्टर में ऐसा नहीं है।''

अभिषेक हँसा, ''मुझसे ज्यादा कौन जानेगा। मेरे पापा और चाचा दोनों पब्लिक सेक्टर में हैं। आजकल दोनों की कम्पनी बन्द चल रही है। पर पापा और चाचा दोनों बेफिक्र हैं। कहते हैं लेबर कोर्ट से जीतकर एक-एक पैसा वसूल कर लेंगे।''

अभिषेक की कम्पनी की साख ऊँची थी और अभिषेक वहाँ पाँच साल से था पर नौकरी को लेकर असुरक्षा बोध उसे भी था। यहाँ हर दिन अपनी कामयाबी का सबूत देना पड़ता। कई बार क्लायंट को पसन्द न आने पर अच्छी भली कॉपी में तब्दीली करनी पड़ती तो कभी पूरा प्रोजेक्ट ही कैन्सिल हो जाता। तब उसे लगता वह नाहक विज्ञापन प्रबन्धन में फँस गया, कोई सरकारी नौकरी की होती, चैन की नींद सोता। पर पटरी बदलना रेलों के लिए सुगम होता है जिन्दगी के लिए दुर्गम। अब यह उसका परिचित संसार था, इसी में उसका संघर्ष और सफलता निहित थी। अभिषेक ने डिलाइट से चिली पनीर पैक करवाया कि घर चलकर खाना खाएँगे।

जैसे ही वे घर में दाखिल हुए देखा राजुल और अंकुर बाहर जाने के लिए बने ठने बैठे हैं। उन्हें देखते ही वे चहककर बोले, ''अहा, तुम आ गए। चलो आज बाहर खाना खाएँगे। अंकुर शाम से जिद कर रहा है।''

अभिषेक ने कहा, ''आज खाना घर में ही खाते हैं, मैं सब्जी ले आया हूँ।''

राजुल बोली, ''तुमने सुबह वादा किया था शाम को बाहर ले चलोगे। सब्जी फ्रिज में रख देते हैं, कल खाएँगे।''

राजुल ताले लगाने में व्यस्त हो गई। अभिषेक ने पवन और अनुपम से कहा, ''सॉरी यार कभी-कभी घर में भी कॉपी गलत हो जाती है।''

तीनों थके हुए थे। पवन ने तो अठारह सौ किलोमीटर की यात्रा की थी। पर राजुल और अंकुर का जोश ठंडा करना उन्हें क्रूरता लगी।

स्टैला और पवन ने अपनी जन्मपत्रियाँ कम्प्यूटर से मैच कीं तो पाया छत्तीस में से छब्बीस गुण मिलते हैं। पवन ने कहा, ''लगता है तुमने कम्प्यूटर को भी घूस दे रखी है।''

स्टैला बोली, ''यह पंडित तो बिना घूस के भी काम कर देता है।'' आकर्षण, दोस्ती और दिलजोई के बीच कुछ देर को उन्होंने यह भुला ही दिया कि इस रिश्ते के दूरगामी समीकरण किस प्रकार बैठेंगे। स्टैला के माता-पिता आजकल शिकागो गए हुए थे। स्टैला के ई-मेल पत्र के जवाब में उन्होंने ई-मेल बधाई भेजी। पवन ने माता-पिता को फोन पर बताया कि उसने लड़की पसन्द कर ली है और वे अगले महीने यानी जुलाई में शादी कर लेंगे।

पांडे परिवार पवन की खबर पर हतबुद्धि रह गया। न उन्होंने लड़की देखी थी न उसका घर बार। आकस्मिकता के प्रति उनके मन में सबसे पहले शंका पैदा हुई। राकेश ने पत्नी से कहा, ''पुन्नू के दिमाग में हर बात फितूर की तरह उठती है। ऐसा करो, तुम एक हफ्ते की छुट्टी लेकर राजकोट हो आओ। लड़की भी देख लेना और पुन्नू को भी टटोल लेना। शादी कोई चार दिनों का खेल नहीं, हमेशा का रिश्ता है। इंटर से लेकर अब तक दर्जनों दोस्त् रही हैं पुन्नू की, ऐसा चटपट फैसला तो उसने कभी नहीं किया।''

''तुम भी चलो, मैं अकेली क्या कर लूँगी।''

''मैं कैसे जा सकता हूँ। फिर पुन्नू सबसे ज्यादा तुम्हें मानता है, तुम हो आओ।''

रास्ते भर रेखा को लगता रहा कि जब वह राजकोट पहुँचेगी पवन

ताली बजाते हुए कहेगा, "माँ मैंने यह मजाक इसलिए किया था कि तुम दौड़ी आओ। वैसे तो तुम आती नहीं।"

उसने अपने आने की खबर बेटे को नहीं की थी। मन में उसे विस्मित करने का उत्साह था। साथ ही यह भी कि उसे परेशान न होना पड़े। अहमदाबाद से राजकोट की बस यात्रा उसे भारी पड़ी। तेज रफ्तार के बावजूद तीन घंटे सहज ही लग गए। डायरी में लिखे पते पर जब वह स्कूटर से पहुँची शाम के छह बज चुके थे।

पवन तभी ऑफिस से लौटा था। अनुपम भी उसके साथ था। उसे देख पवन खुशी से बावला हो उठा। बाँहों में उठाकर उसने माँ को पूरे घर में नचा दिया। अनुपम ने जल्दी से खूब मीठी चाय बनाई। थोड़ी देर में स्टैला वहाँ आ पहुँची।

पवन ने उनका परिचय कराया। स्टैला ने हलो किया। पवन ने कहा, "माँ स्टैला मेरी बिजनेस पार्टनर, लाइफ पार्टनर, रूम पार्टनर तीनों है।"

अनुपम बोला, "हाँ, अब जी.जी.सी.एल. चाहे चूल्हे भाड़ में जाए। तुम तो एंटरप्राइज के स्लीपिंग पार्टनर बन गए।"

स्टैला ने कहा, "पवन डार्लिंग, जितने दिन मैम यहाँ पर हैं मैं मिसेज छजलानी के यहाँ सोऊँगी।"

स्टैला रात के खाने का प्रबन्ध करने रसोई में चली गई। फिर पवन उसे छोड़ने मिसेज छजलानी के घर चला गया। पवन को कुछ-कुछ अन्दाजा था कि माँ से एकल वार्तालाप कोई आसान काम नहीं होगा। उसने अनुपम को मध्यस्थ की तरह साथ बिठाए रखा।

बारह बजे अनुपम का धैर्य समाप्त हो गया। उसने कहा, "भाई मैं सोने जा रहा हूँ। सुबह ऑफिस भी जाना है।" कमरे में अकेले होते ही रेखा ने कहा, "पुन्नू यह सिलबिल-सी लड़की तुझे कहाँ मिल गई?"

पवन ने कहा, "तुम्हें तो हर लड़की सिलबिल नजर आती है। इसका लाखों का कारोबार है।"

"पर लगती तो दो कौड़ी की है। यह तो बिलकुल तुम्हारे लायक नहीं।"

"यही बात तुम्हारे बारे में दादी माँ ने पापा से कही थी। क्या उन्होंने दादी माँ की बात मानी थी, बताइए।"

रेखा का सर्वांग सन्ताप से जल उठा। उसका अपना बेटा, अभी कल की इस छोकरी की तुलना अपनी माँ से कर रहा है और उन सब जानकारियों का दुरुपयोग कर रहा है जो घर का लड़का होने के नाते उसके पास हैं।

"मैंने तो ऐसी कोई लड़की नहीं देखी जो शादी के पहले ही पति के घर में रहने लगे।"

"तुमने देखा क्या है माँ? इलाहाबाद से निकलोगी तो देखोगी न। यहाँ गुजरात, सौराष्ट्र में शादी तय होने के बाद लड़की महीने भर ससुराल में रहती है। लड़का-लड़की एक-दूसरे के तौर-तरीके समझने के बाद ही शादी करते हैं।"

"पर यहाँ ससुराल कहाँ है?"

"माँ, स्टैला अपना कारोबार छोड़कर तुम्हारे कस्बे में तो जाने से रही। उसका एक-एक दिन कीमती है।"

रेखा भड़क गई, "अभी तो यह भी तय नहीं है कि हम इस रिश्ते के पक्ष में हैं या नहीं। हमारी राय का तुम्हारे लिए कोई अर्थ है या नहीं।"

"बिल्कुल है तभी तो तुम्हें खबर की, नहीं तो अब तक हमने स्वामी जी के आश्रम में जाकर शादी कर ली होती।"

"बिल्कुल गलत बात कह रहे हो पुन्नू, यही सब सुनाने के लिए बुलाया है मुझे।"

"अपने आप आई हो। बिना खबर दिए। तुम्हारे इरादे भी संदिग्ध थे। तुम्हें मेरा टाइम टेबिल पूछ लेना चाहिए था। मान लो मैं बाहर होता।"

रेखा को रोना आ गया। पवन पर अप्रिय यथार्थ का दौरा पड़ा था

जिसके अन्तर्गत उसने अपनी शिकायतों के शर शूल से उसे लथपथ कर दिया।

"मैं सुबह वापस चली जाऊँगी, कोई ढंग की गाड़ी नहीं होगी तो मालगाड़ी में चली जाऊँगी पर अब एक मिनट तेरे पास नहीं रहूँगी।"

पवन की सख्ती का सन्दूक टूट गया। उसने माँ को अंकवार में भरा, "माँ कैसी बातें करती हो। तुम पहली बार मेरे पास आई हो, मैं तुम्हें जाने दूँगा भला। गाड़ी के आगे लेट जाऊँगा।"

दोनों रोते रहे। पवन के आँसू रेखा कभी नहीं झेल पाई। चौबीस साल का होने पर भी उसके चेहरे पर इतनी मासूमियत थी कि हँसते और रोते समय शिशु लगता था। सम्प्रेषण के इन क्षणों में माँ बेटा बन गई और बेटा माँ। पवन ने माँ के आँसू पोंछे, पानी पिलाया और थपक-थपक कर शान्त किया उसे।

सुबह तेज संगीत की ध्वनि से रेखा की नींद टूटी। एक क्षण को वह भूल गई कि वह कहाँ है। 'हो रामजी मेरा पिया घर आया' सी.डी. सिस्टम पर पूरे वाल्यूम पर चल रहा था और अनुपम रसोई में चाय बना रहा था। उसने एक कप चाय रेखा को दी, "गुड मॉर्निंग।" फिर उसने संगीत का वाल्यूम थोड़ा कम किया, "सॉरी, सुबह मुझे खूब जोर-जोर से गाना सुनना अच्छा लगता है। और फिर पवन भैया को उठाने का और कोई तरीका भी तो नहीं है। आंटी ये सवेरे पौने नौ तक सोते रहते हैं और नौ बजे अपने ऑफिस में होते हैं।"

"सुबह चाय नाश्ता कुछ नहीं लेता?"

"किसी दिन स्टैला भाभी हमारे लिए टोस्ट और कॉम्पलान तैयार कर देती हैं। पर ज्यादातर तो ऐसे ही भागते हैं हम लोग। लंच टाइम तक पेट में नगाड़े बजने लगते हैं।"

चावल में कंकड़ की तरह रड़क गया फिर स्टैला का नाम। कहाँ से लग गई यह बला मेरे भोले-भाले बेटे के पीछे, रेखा ने उदासी से सोचा।

"हटो आज मैं बनाती हूँ नाश्ता।"

रसोई की पड़ताल करने पर पाया कि टोस्ट और मिल्क शेक के सिवा कुछ भी बनना मुमकिन नहीं है। थोड़े से बर्तन थे, जो जूठे पड़े थे।

"अभी भरत आकर करेगा। आंटी आप परेशान मत होइएगा। भरत खाना बना लेता है।"

"पवन तो बाहर खाता था।"

"आंटी, हम लोगों का टाइम गड़बड़ हो जाता था। मौसी लोग के यहाँ टाइम की पाबन्दी बहुत थी। हफ्ते में दो एक दिन भूखा रहना पड़ता था। कई बार हम लोग टूर पर रहते हैं। तब भी पूरे पैसे देने पड़ते थे मौसी को। अब तीनों का लंच बॉक्स भरत पैक कर देता है।"

तभी भरत आ गया। पवन की पुरानी जीन्ज और टी शर्ट पहने हुए यह बीस-बाईस साल का लड़का था जिसने सिर पर पटका बाँध रखा था। अनुपम के बताने पर उसने नमस्ते करते हुए कहा, "पौन भाई नी बा आवी छे।" (पवन भाई की माँ आई हैं)

गजब की फुर्ती थी उसमें। कुल पौन घंटे में उसने काम सँभाल लिया। रोटी बनाने के पहले वह रेखा के पास आकर बोला, "बा तमे केटला रोटली खाती?" (माँ तुम कितनी रोटी खाती हो?)

यह सीधा-सा एक वाक्य था पर रेखा के मन पर ढेले की तरह पड़ा। अब बेटे के घर में उसकी रोटियों की गिनती होगी। उसने जल-भुनकर कहा, "डेढ़।"

"बे (दो) चलेगा।" कहकर भरत फिर रसोई में चला गया। इस बीच पवन नहाकर बाहर निकला।

रेखा से रहा नहीं गया। उसने पवन को बताया। पवन हँसने लगा, "अरे माँ तुम तो पागल हो। भरत को हमी लोगों ने कह रखा है कि खाना बिल्कुल बरबाद न जाए। नाप-तोलकर बनाए। उसे हरेक का अन्दाजा है कौन कितना खाता है। घर खुला पड़ा है, तुम जो चाहो बना लेना।"

रेखा को लगा इस नाप-तोल के पीछे जरूर स्टैला का हाथ होगा। उसका बेटा तो ऐसा हिसाबी कभी नहीं था। खुद यह जमकर बरबाद

करने में यकीन करता था। एक बार नाश्ता बनता, दो बार बनता। पवन को पसन्द न आता। शहजादे की तरह फरमा देता, "आलू का टोस्ट नहीं खाएँगे, आमलेट बनाओ।" जब आमलेट तैयार होता वह दाँत साफ करने बाथरूम में घुस जाता। देर लगाकर बाहर निकलता। फिर नाश्ता देखते ही भड़क जाता, "यह अंडे की ठंडी लाश कोई खा सकता है? मालती पराँठा बनाओ नहीं तो हम अभी जा रहे हैं बाहर।" घर की पुरानी सेविका मालती में ही इतना धीरज था कि रेखा की गैरमौजूदगी में पवन के नखरे पूरे करे। कभी बिना किसी सूचना के वह तीन-तीन दोस्त साथ ले आता। सारा घर उनके आतिथ्य में जुट जाता।

पवन ने कहा, "भरत मेरा लंच पैक मत करना, दुपहर में मैं घर आ जाऊँगा।" फिर रेखा से कहा, "माँ क्या करूँ, ऑफिस जाना जरूरी है, देखो कल की छुट्टी का जुगाड़ करता हूँ कुछ। तुम पीछे से टी.वी. देखना, सी.डी. सुन लेना। कोई दिक्कत हो तो मुझे फोन कर लेना। सामने पटेल आंटी रहती हैं, कोई जरूरत हो तो उनसे बात कर लेना।" तभी स्टैला फूलों का गुलदस्ता लिए आई।

"गुड मॉर्निंग मैम।" उसने गुलदस्ता रेखा को दिया। उसमें छोटा-सा गिफ्ट कार्ड लगा था, "स्टैला पवन की ओर से।"

फूलों की बजाय रेखा ध्यान से उस चिट को देखती रही। पवन ताड़ गया। उसने कहा, "माँ यह हम दोनों की तरफ से है।" उसने गिफ्ट कार्ड में पेन से स्टैला और पवन के बीच कॉमा लगा दिया।

रेखा को थोड़ी आश्वस्ति हुई। उसने देखा स्टैला की मुख मुद्रा थोड़ी बदली।

स्टैला ने अपना लंच बॉक्स और ऑफिस बैग उठाया, "बाय सी यू इन द ईवनिंग मैम, टेक केयर।"

उसी के पीछे पवन, अनुपम भी गाड़ी की चाभी लेकर निकल गए।

अँधेरे घर में बिस्तर पर पड़ी-पड़ी रेखा देर तक विचारमग्न रही। बीच में इच्छा हुई कि राकेश से बात करे पर एस.टी.डी. कोड डायल करने

पर उधर से आवाज आई, "यह सुविधा तमारे फोन पर नथी छे।" फोन की एस.टी.डी. सुविधा पर इलेक्ट्रॉनिक ताला लगा था। एक बार फिर रेखा को लगा इस घर पर स्टैला का नियन्त्रण बहुत गहरा है।

रेखा के तीन दिन के प्रवास में स्टैला सुबह शाम कोई-न-कोई उपहार उसके लिए लेकर आती। एक शाम वह उसके लिए आभला (शीशे) की कढ़ाई की भव्य चादर लेकर आई। पवन ने कहा, "जैसे पीर शाह पर चादर चढ़ाते हैं वैसे तुम्हें मनाने को हम चादर चढ़ा रहे हैं माँ।"

"पीर औलिया की मजार पर चादर चढ़ाते हैं, मुझे क्या मुर्दा मान रहे हो?"

"नहीं माँ मुर्दा तो उन्हें भी नहीं माना जाता। तुम हर अच्छी बात का बुरा अर्थ कहाँ से ढूँढ़ लाती हो।"

"पर तुम खुद सोचो। कहीं काँच की चादर बिस्तर पर बिछाई जाती है। काँच पीठ में नहीं चुभ जाएँगे।"

स्टैला ने उन दोनों का संवाद सुना। उसने पवन के जानू पर हाथ मारा, "आई गॉट इट। मैम इसे वॉल हैंगिंग की तरह दीवार पर लटका लें। पूरी दीवार कवर हो जाएगी।"

पवन ने सराहना से उसे देखा, "तुम जीनियस हो सिली।"

चादर प्लास्टिक बैग में डालकर रेखा के सूटकेस के ऊपर रख दी गई।

रेखा को रात में यही सपना बार-बार आता रहा कि उसके बिस्तर पर शीशे वाली चादर बिछी है। जिस करवट वह लेटती है उसके बदन में शीशे चट-चट टूटकर चुभ रहे हैं।

उसने सुबह पवन से बताया कि वह चादर नहीं ले जाएगी। पवन उखड़ गया, "आपको पता है हमारे तीन हजार रुपए इस गिफ्ट पर खर्च हुए हैं। इतनी कीमती चीज की कोई कद्र नहीं आपको?"

रेखा को लगा अगर इस वक्त वह तीन हजार साथ लाई होती तो मुँह पर मारती स्टैला के। प्रकट उसने कहा, "पुन्नू उस लड़की से कहना

कि बिल बनाकर रख ले हर चीज का, मैं वहाँ जाकर पैसे भिजवा दूँगी।''

''आप कभी समझने की कोशिश नहीं करोगी। वह जो भी कर रही है, मेरी मर्जी से, मेरी माँ के लिए कर रही है। अब देखो वह आपके लिए राजधानी एक्सप्रेस का टिकट लाई है, यहाँ से अमदाबाद वह अपनी एस्टीम में खुद आपको ले जाएगी। और क्या करे वह, सती हो जाए।''

''सती और सावित्री के गुण तो उसमें दिख नहीं रहे, अच्छी कैरियरिस्ट भले ही हो।''

''वह भी जरूरी है, बल्कि माँ वह ज्यादा जरूरी है। तुम जो अपने आप को थोड़ा बहुत लेखक भी समझती हो, इतनी दकियानूस कब से हो गईं कि मेरे लिए चिराग लेकर सती सावित्री ढूँढ़ने निकल पड़ो। वी आर मेड फॉर ईच अदर। हम अगले महीने शादी कर लेंगे।''

''इतनी जल्दी।''

''हमारे एजेंडा पर बहुत सारे काम हैं। शादी के लिए हम ज्यादा-से-ज्यादा चार दिन खाली रख सकते हैं।''

''क्या सिविल मैरिज करोगे?'' रेखा ने हथियार डाल दिए।

''स्वामी जी से पूछना होगा। उनका शिविर इस बार उनके मुख्य आश्रम मनपक्कम में लगेगा।''

''कहाँ?''

''मद्रास से तीस-पैंतीस मील दूर एक जगह है माँ। मैं तो कहता हूँ आप वहाँ जाकर दस दिन रहो। आप की बेचैनी, परेशानी, बेवजह चिढ़ने की आदत, सब ठीक हो जाएगी।''

''मैं जैसे भी हूँ ठीक हूँ। कोई ठाली बैठी नहीं हूँ जो आश्रमों में जाकर रहूँ। नौकरी भी करनी है।''

''छोटी-सी नौकरी है तुम्हारी, छोड़ दो, चैन से जियो माँ।''

''इसी छोटी-सी नौकरी से मैंने बड़े-बड़े काम कर डाले पुन्नू तू क्या जानता नहीं है?''

''पर आप में जीवन दर्शन की कमी है। स्टैला के माँ-बाप को देखो।

अपनी लड़की पर विश्वास करते हैं। उन्हें पता है वह जो भी करेगी, सोच-समझकर करेगी।''

तिलमिला गई रेखा। बेटियाँ परायी हो जाती हैं, यह तो उसने देखा था पर बेटे पराये हो जाएँ, वह भी शादी के पहले।

''यह तेरा अन्तिम निर्णय है?''

''हाँ माँ। स्वामी जी ने भी इस रिश्ते को ओ.के. कर दिया है।''

''अपने पापा को तुमने बिल्कुल किनारे कर दिया। उनसे पूछा तक नहीं और सब तय कर लिया।''

''उनसे मैं फोन पर बात कर लूँगा। वैसे स्वामी जी सबके सुपर पापा हैं, वे सोच-समझकर हामी भरते हैं। उन्होंने भी इस डील पर मुहर लगा दी।''

''डील का क्या मतलब है। तुम अभी शादी जैसे रिश्ते की गम्भीरता नहीं जानते। शादी और व्यापार अलग-अलग चीजें हैं।''

''कोई भी नाम दो, इससे फर्क नहीं पड़ता। अगले महीने आप चौबीस को मद्रास पहुँचो। स्वामी जी की सालगिरह पर चौबीस जुलाई को बड़ा भारी जलसा होता है, कम-से-कम पचास शादियाँ कराते हैं स्वामी जी।''

''सामूहिक विवाह?''

''हाँ। एक घंटे में सब काम पूरा हो जाता है।'' शल्य-क्रिया की तरह बेटे ने सबकुछ निर्धारित कर रखा था। पहले पुत्र को लेकर परिवार के अरमानों के लिए इस योजना में कोई गुंजाइश नहीं थी।

माँ ने अन्तिम दलील दी, ''तू खरमास में शादी करेगा। इसमें शादियाँ निषिद्ध होती हैं।'' पवन ने पास आकर माँ को कन्धों से पकड़ा, ''माँ मेरी प्यारी माँ, यह मैं भी जानता हूँ और तुम भी कि हम लोग इन बातों में यकीन नहीं करते। सिली के साथ जब बन्धन में बँध जाऊँ वही मेरे लिए मुबारक महीना है।''

आहत मन और सुन्न मस्तिष्क लिए रेखा लौट आई। पति और

छोटे बेटे ने जो भी सवाल किए, उनका वह कोई सिलसिलेवार उत्तर नहीं दे पाई।

"मेरा पुन्नू इतना कैसे बदल गया।" वह क्रन्दन करती रही।

पवन ने फोन पर माँ की सकुशल वापसी की खबर ली। सघन से ई-मेल पता लिया और दिया और अपने पापा से बात करता रहा, "पापा आप अपनी शादी याद करो और माँ को समझाने का प्रयत्न करो। मैं लड़की को डिच (धोखा) नहीं कर सकता।"

राकेश व्यथा के ऊपर विवेक का आवरण चढ़ाए बेटे की आवाज सुनते रहे। 'ठीक है', 'अच्छा, हूँ' के अलावा उनके मुँह से कुछ नहीं निकला। उस दिन किसी से खाना नहीं खाया गया। राकेश ने कहा, "हमें यह भी सोचना चाहिए कि उस लड़की में जरूर ऐसी कोई खासियत होगी जो हमारा बेटा उसे चाहता है। तुमने देखा होगा।"

"मुझे लगा स्टैला बड़ी अच्छी व्यवस्थापक है। मुझे तो वह लड़की की बजाय मैनेजर ज्यादा लगी।" रेखा ने कहा।

"तो इसमें बुराई क्या है। पवन दफ्तर भले ही मैनेज कर ले घर में तो उसे हर वक्त एक मैनेजर चाहिए जो उसका ध्यान रखे। यहाँ यह काम तुम और छोटू करते थे।"

"पर शादी एकदम अलग बात होती है।"

"कोई अलग बात नहीं होती। लड़की काम से लगी है। तुम्हारे जाने पर लगातार तुमसे मिलती रही। अपनी गरिमा इसी में होती है कि बच्चों से टकराव की स्थिति न आने दें।"

"पर सबकुछ वही तय कर रही है, हमें सिर्फ सिर हिलाना है।"

"तो क्या बुराई है। तुम अपने को नारीवादी कहती हो। जब लड़की सारे इन्तजाम में पहल करे तो तुम्हें बुरा लग रहा है।"

"हम इस सारे प्लान में कहीं नहीं हैं। हमें तो पुन्नू ने उठाकर ताक पर रख दिया है, पिछले साल के गणेश लक्ष्मी की तरह।"

"सब यही करते हैं। क्या हमने ऐसा नहीं किया। मेरी माँ को भी

ऐसा ही दुःख हुआ था।"

रेखा भड़क उठी, "तुम स्टैला की मुझसे तुलना कर रहे हो। मैंने तुम्हारे घर परिवार की धूप छाया जैसे काटी है, वह काटेगी वैसे। बस बैठे-बैठे कम्प्यूटर जोड़ने के सिवा और क्या आता है उसे। एक टाइम खाना नौकर बनाता है। दूसरे टाइम बाहर से आता है। दूध तक गरम करने में दिलचस्पी नहीं है उसे।"

"मुझे लगता है तुम पूर्वाग्रह से ग्रसित हो। मेरा लड़का गलत चयन नहीं कर सकता।"

"अब तुम उसकी लय में बोल रहे हो।"

कई दिनों तक रेखा की उद्विग्नता बनी रही। उसने अपनी अध्यापक सखियों से सलाह की। जो भी घर आता, उसकी बेचैनी भाँप जाता। उसने पाया हर परिवार में एक-न-एक अनचाहा, मनचाहा, विवाह हुआ है।

उसे अपने दिन याद आए। बिल्कुल ऐसी तड़प उठी होगी राकेश के माता-पिता के कलेजे में जब उनकी देखी सर्वांग सुन्दरियों को ठुकरा कर उसने रेखा से विवाह का मन बनाया। उसके दोस्तों तक ने उससे कहा, "तुम क्या एकदम पागल हो गए हो?" दरअसल वे दोनों एक-दूसरे के विलोम थे। राकेश थे लम्बे, तगड़े, सुन्दर और हँसमुख। रेखा थी छोटी, दुबली, कमसूरत और कटखनी। बोलते वक्त वह भाषा को चाकू की तरह इस्तेमाल करती थी। उसके इसी तेवर ने राकेश को खींचा था। वह उसकी दो-चार कविताओं पर दिल दे बैठा। राकेश के हितैषियों का ख्याल था कि अव्वल तो यह शादी नहीं होगी। और अगर हो भी गई तो छह महीने में टूट जाएगी।

रेखा को याद आता गया। शादी के बाद के महीनों में वह लाख घर का काम, स्कूल की नौकरी, खर्च का बोझ सँभालती, माँ जी उसके प्रति अपनी तलखी नहीं त्यागतीं। अगर कभी पिता जी या राकेश उसकी किसी बात की तारीफ कर देते तो उस दिन उसकी शामत ही आ जाती। माँ जी की नजरों में रेखा चलती-फिरती चुनौती थी।

काल न्याय क्या ऐसा ही होता है? रेखा ने कड़वाहट से सोचा। वह इस घटना की पुनरावृत्ति को तैयार नहीं थी। उसके मन में अपनी छवि वह नहीं थी जो स्टैला की थी। उसने प्रेम विवाह में पारम्परिक विवाह के सारे दायित्व निभाए। स्टैला के अन्दर ऐसी कोई तैयारी उसे नहीं दिखी।

जी.जी.सी.एल. लगातार घाटे में चलते-चलते अब डूबने के कगार पर थी। कर्मचारियों की छँटनी शुरू हो गई थी। एम.बी.ए. पास लड़कों में इतना धैर्य नहीं था कि वे डूबते जहाज का मस्तूल सँभालते। सभी किसी-न-किसी विकल्प की खोज में थे।

पवन ने घर पर फोन कर सूचना दी कि उसका चयन बहुराष्ट्रीय कम्पनी मैल में हो गया है। नई नियुक्ति में यहाँ से दुगना वेतन मिलेगा और आवास, वाहन यात्रा जैसी अन्य सुविधाएँ नई नौकरी में ज्वाइन करने से पूर्व उसके पास तीन सप्ताह का समय होगा। इसी समय वह घर आएगा और जी भरकर रहेगा।

अगले हफ्ते पवन ने कम्प्यूटर निर्मित साफ-सुथरा सुरुचिपूर्ण पत्र भेजा जिसमें उसकी शादी का निमन्त्रण था। स्वामी जी के कार्यक्रम के अनुसार शादी दिल्ली में होनी थी। शहरों की दूरियाँ और अपरिचय उसके जीवन में महत्त्व नहीं रखती थीं। बेटे की योजनाओं पर स्तम्भित होना जैसे उनके जीवन का अंग बन गया था। अपने नाम के अनुरूप ही वह पवन वेग से सारी व्यवस्था कर रहा था।

इस बीच इतना समय अवश्य मिल गया था कि रेखा और राकेश अपने क्षोभ और असन्तोष को सन्तुलन का रूप दे सकें। जब दिल्ली में रामाकृष्णपुरम में सरल मार्ग के शिविर में उन्होंने दस हजार दर्शकों की भीड़ में सामूहिक विवाह दृश्य देखा तो उन्हें महसूस हुआ कि इस आयोजन में पारम्परिक विवाह संस्कार से कहीं ज्यादा गरिमा और

विश्वसनीयता है। न कहीं माता-पिता की महाजनी भूमिका थी न नाटकीयता। स्वामी जी की उपस्थिति में वधू को एक सादा मंगलसूत्र पहनाया गया, फिर विवाह को नोटरी द्वारा रजिस्टर किया गया। अन्त में सभी दर्शकों के बीच लड्डू बाँट दिए गए। कन्याओं के अभिभावकों के चेहरे पर कृतज्ञता का आलोक था। लड़कों के अभिभावकों के चेहरे कुछ बुझे हुए थे।

अब तक अपने आक्रोश पर रेखा और राकेश नियन्त्रण कर चुके थे। नए अनुभव से गुजरने की उत्तेजना में उन्हें स्टैला से कोई शिकायत नहीं हुई। वे पवन और बहू को लेकर घर आए।

दो दिन सलवार सूट पहनने के बाद स्टैला ने कह दिया, "मैं दुपट्टा नहीं सँभाल सकती।" वह वापस अपनी प्रिय पोशाक जीन्ज और टॉप में नजर आई। उसकी व्यस्तता भी इस तरह की थी कि लिबास को लेकर विवाद नहीं किया जा सकता था। उसने यहाँ अपनी सहयोगी फर्म से सम्पर्क कर सघन को कम्प्यूटर के पार्ट्स दिला दिए। फिर वे दोनों कम्प्यूटर जोड़ने में लग गए।

सघन को जैसे नवजीवन मिला। अब उसकी टेबिल पर सूचना तकनीकि का अधुनातन संजाल बिछा था, फैक्स, ई-मेल, इंटरनेट, वेबसाइट सारी सुविधाओं से लैस उसका कमरा बाकायदा कम्प्यूटर रूम बन गया। उसने सगर्व घोषणा की, "मेरी जैसी भाभी कभी किसी को न मिली है न मिलेगी।" स्टैला कम्प्यूटर मैन्यू पर जितनी पारंगत थी, रसोईघर की मैन्यू में उतनी ही अनाड़ी। लगातार घर से बाहर होस्टलों में रहने की वजह से उसके जेहन में खाने का कोई तसव्वुर नहीं था। वह अंडा, आलू, चावल उबालना जानती थी या फिर मैगी।

माँ ने कहा, "इतनी बेस्वाद चीजें तुम कैसे खा सकती हो?"

स्टैला ने कहा, "मैं तो बस कैलोरी गिन लेती हूँ और आँख मूँदकर खाना निगल लेती हूँ।"

"पर हो सकता है पवन स्वादिष्ट खाना खाना चाहे।"

"तो वह कुकिंग सीख ले। वैसे भी वह अब चैन्ने जानेवाला है। मैं राजकोट और अमदाबाद के बीच चलती-फिरती रहूँगी।"

"फिर भी मैं तुम्हें थोड़ा बहुत सिखा दूँ।"

अब पवन ने हस्तक्षेप किया। वह यहाँ माता-पिता का आशीर्वाद लेने आया था उपदेश नहीं।

"माँ जब से मैंने होश सँभाला, तुम्हें स्कूल और रसोई के बीच दौड़ती ही देखा। मुझे याद है जब मैं सोकर उठता तुम रसोई में होतीं और जब मैं सोने जाता, तब भी तुम रसोई में होतीं। तुम्हें चाहिए कि स्टैला के लिए जीवन भट्ठी न बने। जो तुमने सहा, वह क्यों सहे?"

रेखा की मुखाकृति तन गई। हालाँकि बेटे के तर्क की वह कायल थी।

दोपहर में लेटे-लेटे उसें लगा हर पीढ़ी का प्यार करने का ढंग अलग और अनोखा होता है। स्टैला भले ही कम्प्यूटर पर आठ घंटे काम कर ले, रसोई में आध घंटे नहीं रहना चाहती। पवन भी नहीं चाहता कि वह रसोई में जाए। रेखा ने कहा, "यह दाल रोटी तो बनानी सीख ले।" पवन ने जवाब दिया "खाना बनाने वाला पाँच सौ रुपए में मिल जाएगा माँ, इसे बावर्ची थोड़ी बनाना है।"

"और मैं जो सारी उमर तुम लोगों की बावर्ची, धोबिन, जमादारिन बनी रही वह?"

"गलत किया आपने और पापा ने। आप चाहती हैं वही गलतियाँ मैं भी करूँ। जो गुण हैं इस लड़की के उन्हें देखो। कम्प्यूटर विजर्ड है यह। इसके पास बिल गेट्स के हस्ताक्षर से चिट्ठी आती है।"

"पर कुछ स्त्रियोचित गुण भी तो पैदा करने होंगे इसे।"

"अरे माँ आज के जमाने में स्त्री और पुरुष का उचित अलग-अलग नहीं रहा है। आप तो पढ़ी-लिखी हो माँ, समय की दस्तक पहचानो। इक्कीसवीं सदी में ये सड़े-गले विचार लेकर नहीं चलना है हमें, इनका तर्पण कर डालो।"

स्टैला की आदत थी जब माँ-बेटे में कोई प्रतिवाद हो तो वह बिल्कुल हस्तक्षेप नहीं करती थी। उसकी ज्यादा दिलचस्पी समस्याओं के ठोस निदान में थी। उसने पिता से कहा, "मैं आपको ऑपरेट करना सिखा दूँगी। तब आप देखिएगा सम्पादन करना आपके लिए कितना सरल काम होगा। जहाँ मर्जी संशोधन कर लें जहाँ मर्जी मिटा दें।"

रेखा की कई कहानियाँ उसने कम्प्यूटर पर उतार दीं। बताया, "मैम इस एक फ्लॉपी में आपकी सौ कहानियाँ आ सकती हैं। बस यह डिस्कैट सँभाल लीजिए, आपका सारा साहित्य इसमें है।"

चमत्कृत रह गए दोनों। रेखा ने कहा, "अब तुम हमारी हो गई हो। मैम न बोला करो।"

"ओ.के. मॉम सही।" स्टैला हँस दी।

बच्चों के वापस जाने में बहुत थोड़े दिन बचे थे। राकेश इस बात से उखड़े हुए थे कि शादी के तत्काल बाद पवन और स्टैला साथ नहीं रहेंगे बल्कि एक-दूसरे से तीन हजार मील के फासले पर होंगे।

उन्होंने दोनों को समझाने की कोशिश की। पवन ने कहा, "मैं तो वचन दे चुका हूँ मैल को। मेरा चैन्ने जाना तय है।"

"और जो वचन जीवन साथी को दिए वे?"

पवन हँसा, "पापा जुमलेबाजी में आपका जवाब नहीं। हमारी शादी में कोई भारी-भरकम वचनों की अदला-बदली नहीं हुई।"

"बहू अकेली अनजान शहर में रहेगी? आजकल समय अच्छा नहीं है।"

"समय कभी भी अच्छा नहीं था पापा, मैं तो पच्चीस साल से देख रहा हूँ। फिर वह शहर स्टैला के लिए अनजान नहीं है। एक और बात, राजकोट में हिंसा, अपराध यहाँ का एक परसेंट भी नहीं है। रातों में लोग

बिना ताला लगाए स्कूटर पार्क कर देते हैं, चोरी नहीं होती। फिर आपकी बहू कराटे, ताइक्वांडो में माहिर है।''

''पर फिर भी शादी के बाद तुम्हारा फर्ज है साथ रहो।''

''पापा आप भारी-भरकम शब्दों से हमारा रिश्ता बोझिल बना रहे हैं। मैं अपना कैरियर, अपनी आजादी कभी नहीं छोड़ूँगा। स्टैला चाहे तो अपना बिजनेस चैन्ने ले चले।''

''तुम तो तरक्कीराम हो। मैं चैन्ने पहुँचूँ और तुम सिंगापुर चले जाओ तब।'' स्टैला हँसी।

पता चला पवन के सिंगापुर या ताईवान जाने की बात भी चल रही थी।

रेखा ने कहा, ''यह बार-बार अपने को डिस्टर्ब क्यों करते हो। अच्छी भली कट रही है सौराष्ट्र में। अब फिर एक नई जगह जाकर संघर्ष करोगे?''

''वही तो माँ। मंजिलों के लिए संघर्ष तो करना ही पड़ेगा। मेरी लाइन में चलते रहना ही तरक्की है। अगर यहीं पड़ा रह गया तो लोग कहेंगे, देखा कैसा लद्धड़ है, कम्पनी डूब रही है और यह कैसाबियांका की तरह उसमें फँसा हुआ है।''

बातें राकेश को चुभीं, ''तुम अपनी तरक्की के लिए पत्नी और कम्पनी दोनों छोड़ दोगे?''

''छोड़ कहाँ रहा हूँ पापा, यह कम्पनी अब मेरे लायक नहीं रही। मेरी प्रतिभा का इस्तेमाल अब 'मैल' करेगी। रही स्टैला। तो यह इतनी व्यस्त रहती है कि इंटरनेट और फोन पर मुझसे बात करने की फुर्सत निकाल ले यही बहुत है। फिर जेट, सहारा, इंडियन एयरलाइंस का बिजनेस आप लोग चलने दोगे या नहीं। सिर्फ सात घंटे की उड़ान से हम लोग मिल सकते हैं।''

''यानी सेटेलाइट और इंटरनेट से तुम लोगों का दाम्पत्य चलेगा?''

''यस पापा।''

"मैं तुम्हारी प्लानिंग से जरा भी खुश नहीं हूँ पुन्नू। एक अच्छी भली लड़की को अपना जीवन साथी बनाकर कुछ जिम्मेदारी से जीना सीखो। और बेचारी जी.जी.सी.एल. ने तुम्हें इतने वर्षों में काम सिखाकर काबिल बनाया है। कल तक तुम इसके गुण गाते नहीं थकते थे। तुम्हारी एथिक्स को क्या होता जा रहा है?"

पवन चिढ़ गया, "मेरे हर काम में आप यह क्या एथिक्स, मौरैलिटी जैसे भारी-भरकम पत्थर मारते रहते हैं। मैं जिस दुनिया में हूँ वहाँ एथिक्स नहीं, प्रोफेशनल एथिक्स की जरूरत है। चीजों को नई नजर से देखना सीखिए नहीं तो आप पुराने अखबार की तरह रद्दी की टोकरी में फेंक दिए जाएँगे। आप जेनरेशन गैप पैदा करने की कोशिश कर रहे हैं। इससे क्या होगा, आप ही दुखी रहेंगे।"

"तुम हमारी पीढ़ी में पैदा हुए हो, बड़े हुए हो, फिर जेनरेशन गैप कहाँ से आ गया। असल में पवन हम और तुम साथ-साथ बड़े हुए हैं।"

"ऐसा आपको लगता है। आपको आज भी के.एल. सहगल पसन्द हैं, मुझे बाबा सहगल, इतना फासला है हमारे आपके बीच। आपको पुरानी चीजें, पुराने गीत, पुरानी फिल्में सब अच्छी लगती हैं। ढूँढ़-ढूँढ़कर आप कबाड़ इकट्ठा करते रहते हैं। टी.वी. पर कोई पुरानी फिल्म आए आप उससे बँध जाते हैं। इतना फिल्म बोर नहीं करती जितना आपकी यादें बोर करती हैं—निम्मी ऐसे देखती थी, ऐसी भागती थी, उसके होट अनकिस्ड लिप्स कहलाते थे। मेरे पास इन किस्से-कहानियों का वक्त नहीं है। तकनीकी दृष्टि से कितनी खराब फिल्में थीं वे। एक डायलॉग बोलने में हीरोइन दो मिनट लगा देती थी। आप भी तो आधी फिल्म देखते-न-देखते ऊँघ जाते हैं।"

रेखा ने कहा, "बाप को इतना लम्बा लेक्चर पिला दिया। यह नहीं देखा कि तेरे सुख की ही सोच रहे हैं वे।"

"जब मैं यहाँ सुख से रहता था तब भी तो आप लोग दुखी थे। आपने कहा था माँ कि आपके बड़े बाबू के लड़के तक ने एम.बी.ए. प्रवेश

परीक्षा पास कर ली। उस समय मुझे कैसा लगा था।''

''सभी माँ-बाप अपने बच्चों को भौतिक अर्थों में कामयाब बनाना चाहते हैं। ताकि कोई उन्हें फिसड्डी न समझे।''

''वही तो मैंने किया। आपके ऊपर इन तीन अक्षरों का कैसा जादू चढ़ा था, एम.बी.ए.। आपको उस वक्त लगा था कि अगर आपके लड़के ने एम.बी.ए. नहीं किया तो आपकी नाक कट जाएगी।''

''हमें तुम्हारी डिग्री पर गर्व है बेटा पर शादी के साथ कुछ तालमेल भी बैठाने पड़ते हैं।''

''तालमेल बड़ा गड़बड़ शब्द है। इसके लिए न मैं स्टैला की बाधा बनूँगा न वह मेरी। हमने पहले ही यह बात साफ कर ली है।''

''पर अकेलापन...''

''यह अकेलापन तो आप सबके बीच रहकर भी मुझे हो रहा है। आप मेरे नजरिए से चीजों को देखना ही नहीं चाहते। आपने मुझे ऐसे समुद्र में फेंक दिया है जहाँ मुझे तैरना-ही-तैरना है।''

''तुम पढ़-लिख लिए, यह गलती भी हमारी थी क्यों?''

''पढ़ तो मैं यहाँ भी रहा था पर आप अपने सपने पूरे करना चाहते थे। आपके सपने मेरा संघर्ष बन गए। यह मत सोचिए कि संघर्ष अकेले आता है। वह सबक भी सिखाता चलता है।''

राकेश निरुत्तर हो गए। उन्हें लगा जितना अपरिपक्व वह बेटे को मान रहे हैं, उतना वह नहीं है।

स्टैला का रेल आरक्षण दो दिन पहले का था। उसके जाने के बाद पवन का सामान समेटना शुरू हुआ। उसने छोटे से 'ओडिसी' सूटकेस में करीने से अपने कपड़े जमा लिए। बैग में निहायत जरूरी चीजों के साथ लैपटॉप पी.सी., मिनरल वाटर और मोबाइल फोन रख लिया।

जाने के दिन उसने माँ के नाम बीस हजार का चेक काटा, "माँ हमारे आने से आपका बहुत खर्च हुआ है, यह मैं आपको पहली किस्त दे रहा हूँ। वेतन मिलने पर और दूँगा।"

रेखा का गला रुँध गया, "बेटे हमें तुमसे किस्तें नहीं चाहिए। जो कुछ हमारा है सब तुम्हारा और छोटू का है। यह मकान तुम दोनों आधा-आधा बाँट लेना। और जो भी है, उसमें तुम्हारा बराबर का हिस्सा है।"

"अब बताओ, हिसाब की बात तुम कर रही हो या मैं? इतने साल की नौकरी में मैंने कभी एक पैसा आप दोनों पर खर्च नहीं किया।"

रेखा ने चेक वापस करते हुए कहा, "रख लो नई जगह पर काम आएगा। दो शहरों में गृहस्थी जमाओगे, दोहरा खर्च भी होगा।"

"सोच लो माँ, लास्ट ऑफर। फिर न कहना पवन ने घर पर उधार चढ़ा दिया।"

बच्चों के जाने के बाद घर एकबारगी भाँय-भाँय करने लगा। सघन ने सॉफ्टवेयर की प्रवेश परीक्षा उत्तीर्ण कर दिल्ली में डेढ़ साल का कोर्स ज्वायन कर लिया। रेखा और राकेश एक बार फिर अकेले रह गए।

अकेलेपन के साथ सबसे जानलेवा होते हैं उदासी और पराजय बोध! वे दोनों सुबह की सैर पर जाते। इंजीनियरिंग कॉलेज के अहाते की साफ हवा कुछ देर तो चित्त प्रफुल्लित करती कि कॉलोनी का कोई-न-कोई परिचित दिख जाता। बात स्वास्थ्य और मौसम से होती हुई अनिवार्यतः बच्चों पर आ जाती। कॉलेज की रेलिंग पर गठिया से गठियाये पैरों को तनिक आराम देते सिन्हा साहब बताते उनका अमित मुम्बई में है, वहीं उसने किश्तों पर फ्लैट खरीद लिया है। सोनी साहब बताते उनका बेटा एच.सी.एल. की ओर से न्यूयार्क चला गया है। मजीठिया का छोटा भाई

कैनेडा में हार्डवेयर का कोर्स करने गया था, वहीं बस गया है।

ये सब कामयाब सन्तानों के माँ-बाप थे। हर एक के चेहरे पर भय और आशंका के साए थे। बच्चों की सफलता इनके जीवन में सन्नाटा बुन रही थी।

"इतनी दूर चला गया है बेटा, पता नहीं हमारा क्रिया करम करने भी पहुँचेगा या नहीं?" सोनी साहब कहकर चुप हो जाते।

रेखा और राकेश इन सबसे हटकर घूमने का अभ्यास करते। उन्हें लगता जो बेचैनी वे रात-भर जीते हैं, उसे सुबह-सुबह शब्दों का जामा पहना डालना इतना जरूरी तो नहीं। यों दिन भर बात-बात में छोटू और पवन का ध्यान आता रहता। घर में पाव भर सब्जी भी न खपती। माँ कहती, "लो छोटू के नाम की बची है यह। पता नहीं क्या खाया होगा उसने?"

राकेश को पवन का ध्यान आ जाता, "उसके जॉब में दौरा-ही-दौरा है। इतना बड़ा एरिया उसे दे दिया है! क्या खाता होगा। वहाँ सब चावल के व्यंजन मिलते हैं, मेरी तरह उसे भी चावल बिल्कुल पसन्द नहीं।"

दोनों के कान फोन पर लगे रहते। फोन अब उनके लिए कोने में रखा मात्र एक यन्त्र नहीं, संवदिया था। पवन जब अपने शहर में होता फोन कर लेता। अगर चार-पाँच दिन उसका फोन न आए तो ये लोग उसका नम्बर मिलाते। उस समय उन्हें छोटू की याद आती। फोन मिलाने, उठाने, एस.टी.डी. का इलेक्ट्रॉनिक ताला खोलने, लगाने का काम छोटू ही किया करता था। अब वे फोन मिलाते पर डरते-डरते। सही नम्बर दबाने पर भी उन्हें लगता नम्बर गलत लग गया है। कभी पवन फोन उठाता पर ज्यादातर उधर से यही यान्त्रिक आवाज आती 'यू हैव रीच्ड द वॉयस मेल बॉक्स ऑफ नम्बर 9844014988।

रेखा को वॉयस मेल की आवाज बड़ी मनहूस लगती। वह अक्सर पवन से कहती, "तुम खुद तो बाहर चले जाते हो, इस चुड़ैल को लगा जाते हो।"

"क्या करूँ माँ, मैं तो हफ्ता-हफ्ता बाहर रहता हूँ। लौटकर कम-से-कम यह तो पता चल जाता है कि कौन फोन घर पर आया।"

सघन के हॉस्टल में फोन नहीं था। वह बाहर से महीने में दो बार फोन कर लेता। उसे हमेशा पैसों की तंगी सताती। महीने के शुरू में पैसे मिलते ही वह कम्प्यूटर की महँगी पत्रिकाएँ खरीद लेता, फिर कभी नाश्ते में कटौती, कभी खाने में कंजूसी बरतता। दिल्ली इतना महँगी थी कि बीस रुपए तो उसके आने-जाने में निकल जाते जबकि इसके बावजूद बस के लिए घंटों धूप में खड़ा होना पड़ता। एक सेमेस्टर पूरा कर जब वह घर आया माँ-पापा उसे पहचान नहीं पाए। चेहरे पर हड्डियों के कोण निकल आए थे। शकल पर पहले वाला छलकता बचपना गायब हो गया था।

बैग और अटैची से उसके चीकट मैले कपड़े निकालते हुए रेखा ने कहा, "क्यों कभी कपड़े धोते नहीं थे।"

उसने गर्दन हिला दी।

"क्यों?"

"टाइम कहाँ है माँ। रोज रात तीन बजे तक कम्प्यूटर पर पढ़ना होता है। दिन में क्लास।"

"बाकी लड़के कैसे करते हैं?"

"लांड्री में धुलवाते हैं। मेरे पास पैसे नहीं होते।"

राकेश ने कहा, "जितने तुम्हें भेजते हैं, उतने तो हम पवन को भी नहीं भेजते थे। एक तरह से तुम्हारी माँ का पूरा वेतन ही चला जाता है।"

"उस जमाने की बात पुरानी हो गई पापा। अब तो अकेली चिप सौ रुपए की आती है।"

"क्या जरूरत है इतने चिप्स खाने की?" रेखा ने भौं सिकोड़ी।

सघन हँस दिया, "माँ पोटेटो चिप्स नहीं, पढ़ने के चिप की बात करो। यह तो एक मैगजीन है, और न जाने कितनी हैं जो मैं अफोर्ड नहीं कर पाता। मेरे कोर्स की एक-एक सी.डी. की कीमत ढाई सौ रुपए होती है।"

नाश्ते के बाद वह बिना नहाए सो गया। उसकी मैली जीन्ज रगड़ते हुए माँ सोचती रही, इसके कपड़ों से इसके संघर्ष का पता चल रहा है। जब तक वह घर पर था हमेशा साफ-सुथरा रहता था। दोपहर में उसे खाने के लिए उठाया। बड़ी मुश्किल से वह उठा; चार कौर खाकर फिर सो गया। तभी उसके पुराने दोस्त योगी का फोन आ गया। उसकी हार्ड डिस्क अटक रही थी। सघन ने कहा वह उसके यहाँ जा रहा है, मरम्मत कर देगा।

"तुम तो साफ्टवेयर प्रोग्रामिंग में हो।" राकेश ने कहा।

"वहाँ मैंने हार्डवेयर का भी ईवनिंग कोर्स ले रखा है।" सघन ने जाते-जाते कहा।

हम अपने बच्चों को कितना कम जानते हैं। उनके इरादे, उनका गंतव्य, उनका संघर्ष पथ सब एकाकी होता है। राकेश ने सोचा। उनकी स्मृति में वह अभी भी लीला दिखाने वाला छोटा किशन कन्हैया था जबकि वह सूचना विज्ञान के ऐसे संसार में हाथ-पैर फटकार रहा था जिसके ओर-छोर समूचे विश्व में फैले थे।

रेखा ने कहा, "जो मैं नहीं चाहती थी वह कर रहा है छोटू। हार्डवेयर का मतलब है मैकेनिक बनकर रह जाएगा। एक भाई मैनेजर दूसरा, मैकेनिक।"

राकेश ने डाँट दिया, "जो बात नहीं समझतीं, उसे बोला मत करो। हार्डवेयर वालों को टैक्नीशियन कहते हैं, मैकेनिक नहीं। विदेश में सॉफ्टवेयर इंजीनियर से ज्यादा हार्डवेयर इंजीनियर कमाते हैं। तुम्हें याद है जब यह छोटा-सा था, तीन साल का, मैंने इसे एक रूसी किताब लाकर दी थी 'मैं क्या बनूँगा?' सचित्र थी वह।"

रेखा का मूड बदल गया, "हाँ मैं इसे पढ़कर सुनाती थी तो यह बहुत खुश होता था। उसमें एक जगह लिखा था। मैकेनिक अपने हाथ-पैर कितने भी गंदे रखे उसकी माँ उसे कभी नहीं मारती। इसे यह बात बड़ी अच्छी लगती। वह तस्वीर थी न बच्चे के दोनों हाथ ग्रीज से लिथड़े हैं

और माँ उसे खाना खिला रही है।"

"पर छोटू कमजोर बहुत हो गया है। कल से इसे विटामिन देना शुरू करो।"

"मुझे लगता है यह खाने-पीने के पैसे काटकर हार्डवेयर कोर्स की फीस भरता होगा। शुरू का चुप्पा है। अपनी जरूरतें बताता तो है ही नहीं।"

अभी सघन को सुबह-शाम दूध दलिया देना शुरू ही किया था कि हॉट मेल पर उसे ताइवान की सॉफ्टवेयर कम्पनी से नौकरी का बुलावा आ गया। फुर्र हो गई उसकी थकान और चुप्पी। कहने लगा, "मुझे दस दिनों से इसका इन्तजार था। सारे बैच ने एप्लाय किया था पर पोस्ट सिर्फ एक थी।"

माँ-बाप के चेहरे फक पड़ गए। एक लड़का इतनी दूर मद्रास में बैठा है। दूसरा चला जाएगा एक ऐसे परदेस जिसके बारे में वे स्पेलिंग से ज्यादा कुछ नहीं जानते।

राकेश कहना चाहते थे सघन से, "कोई जरूरत नहीं इतनी दूर जाने की, तुम्हारे क्षेत्र में यहाँ भी नौकरी है।" पर सघन सहमति भेज चुका था। पासपोर्ट उसने पिछले साल ही बनवा लिया था। वह कह रहा था, "पापा बस हवाई टिकट और पाँच हजार का इन्तजाम आप कर दो, बाकी मैं मैनेज कर लूँगा। आपका खर्च मैं पहली पे में से चुका दूँगा।"

रेखा को लगा सघन में से पवन का चेहरा झाँक रहा है। वही महाजनी प्रस्ताव और प्रसंग। उसे यह भी लगा कि जवान बेटे ने एक मिनट को नहीं सोचा कि माता-पिता यहाँ किसके सहारे जिन्दा रहेंगे।

अनिवासी और प्रवासी केवल पर्यटक और पंछी नहीं होते, बच्चे भी होते हैं। वे दौड़-दौड़ कर दर्जी के यहाँ से अपने नए सिले कपड़े लाते हैं, सूटकेस में अपना सामान और कागजात जमाते हैं, मनी बेल्ट में अपना पासपोर्ट, वीजा और चन्द डॉलर रख, रवाना हो जाते हैं अनजान देश-प्रदेश के सफर पर, माता-पिता को सिर्फ स्टेशन पर हाथ हिलाते छोड़कर।

प्लेटफॉर्म पर लड़खड़ाती रेखा को अपने थरथराते हाथ से सँभालते हुए राकेश ने कहा, "ठीक ही किया छोटू ने। जितनी तरक्की यहाँ दस साल में करता उतनी वह वहाँ दस महीने में कर लेगा। जीनियस तो है ही।"

कॉलोनी के गुप्ता दम्पति भी उनके साथ स्टेशन आए हुए थे। मिसेज गुप्ता ने कहा, "वायरल फीवर की तरह विदेश वायरस भी बहुत फैला हुआ है आजकल।"

खुद कुछ भी कह लो, दूसरे की आलोचना कान में कील की तरह कसकती है।

रेखा ने प्रतिवाद किया, "हमारा छोटू ऐसा नहीं है। उसके विषय में यहाँ कुछ ज्यादा है ही नहीं। कहकर गया है कि ट्रिक्स ऑफ द ट्रेड सीखते ही मैं लौट आऊँगा। यहीं रहकर बिजनैस करूँगा।"

"अजी राम कहो।" गुप्ता जी बोले, "जब वहाँ के ऐश ओ आराम में रह लेगा तब लौटने की सोचगा? यह मुल्क, यह शहर, यह घर सब जेल लगेगा जेल।"

"लैट्स होप फॉर द बैस्ट।" राकेश ने सबको चुप किया।

घर वही था, दर ओ दीवार वही थे, घर का सामान वही था, यहाँ तक कि रुटीन भी वही था पर पवन और सघन के माता-पिता को मानो वनवास मिल गया। अपने ही घर में वे आकुल पंछी की तरह कमरे-कमरे फड़फड़ाते डोलते। पहले दिन तो उन्हें बिस्तर पर लगता रहा जैसे कोई उन्हें हवा में उड़ाता हुआ ले जा रहा है। जब तक सघन का वहाँ से फोन नहीं आ गया, उनके पैरों की थरथराहट नहीं थमी।

छोटे बेटे के चले जाने से बड़े की अनुपस्थिति भी नए सिरे से खलने लगी। दिन भर की अवधि में छोटे-छोटे करिश्मे और कारनामे, बच्चों को पुकार कर दिखाने का मन करता, कभी पुस्तक में पढ़ा बढ़िया-सा वाक्य, कभी अखबार में छपा कोई मौलिक समाचार, कभी बगिया में खिला नया गुलाब, इस सबको बाँटने के लिए वे आपस में पूरे होते हुए भी आधे-अधूरे थे। प्रकट राकेश सुबह उठते ही अपने छोटे से साप्ताहिक पत्र के सम्पादन में व्यस्त हो जाते; रेखा कुकर चढ़ाने के साथ कॉपियाँ भी जाँचती रहती पर घर भाँय-भाँय करता रहता। सुबह आठ बजे ही जैसे दोपहर हो जाती।

बच्चे घर के तन्तुजाल में किस तरह समाए होते हैं यह उनकी गैर-मौजूदगी में ही पता चलता है।

दफ्तर जाने के लिए राकेश स्कूटर निकालते। सुवह के समय स्कूटर को किक लगाना उन्हें नागवार लगता।

वे पहली कोशिश करते कि उन्हें लगता सघन का पैर स्कूटर की किक पर रखा है। ''लाओ पापा मैं स्टार्ट कर दूँ।'' चकित दृष्टि दाएँ-बाएँ उठती फिर अड़ियल स्कूटर पर बेमन से ठहर जाती।

रसोई में ताक पहुँच से ऊँचे लगे थे। रेखा का कद सिर्फ पाँच फुट था। ऊपर के ताकों पर कई ऐसे सामान रखे थे जिनकी जरूरत रोज न पड़ती। पर पड़ती तो सही। रेखा एक पैर पट्टे पर उचकाकर मर्तबान उतारने की कोशिश करती पर कामयाब न हो पाती। स्टूल पर चढ़ना फ्रेक्चर को खुला बुलावा देना था। अन्ततः जब वह चिमटे या कलछी से

कोई चीज उतारने को होती उसे लगता कहीं से आकर दो परिचित प्यारे हाथ मर्तबान उतार देंगे। रेखा बावली बन इधर-उधर कमरों में बच्चों को टोहती पर कमरों की वीरानी में कोई तबदीली न आती।

कॉलोनी में कमोबेश सभी की यह हालत थी। इस बुड्ढा-बुड्ढी कॉलोनी में सिर्फ सर्दी-गर्मी की लम्बी छुट्टियों में कुछ रौनक दिखाई देती जब परिवारों के नाती-पोते अन्दर बाहर दौड़ते-खेलते दिखाई देते। वरना यहाँ चहल-पहल के नाम पर सिर्फ सब्जी वालों के या रद्दी खरीदने वाले कबाड़ियों के ठेले घूमते नजर आते। बच्चों को सुरक्षित भविष्य के लिए तैयार कर हर घर परिवार के माँ-बाप खुद एकदम असुरक्षित जीवन जी रहे थे।

शायद असुरक्षा के अहसास से लड़ने के लिए ही यहाँ की जनकल्याण समिति प्रति मंगलवार किसी एक घर में सुन्दर कांड का पाठ आयोजित करती। उस दिन वहाँ जैसे बुढ़वा मंगल हो जाता। पाठ के नाम पर सुन्दर कांड का कैसेट म्यूजिक सिस्टम में लगा दिया जाता। तब घर के साज ओ सामान पर चर्चाएँ होतीं।

डाइनिंग टेबिल पर माइक्रोवेव ओवन देखकर मिसेज गुप्ता मिसेज मजीठिया से पूछतीं, ''यह कब लिया?''

मिसेज मजीठिया कहतीं, ''इस बार देवर आया था, वही दिला गया है।''

''आप क्या पकाती हैं इसमें?''

'कुछ नहीं, बस दलिया खिचड़ी गर्म कर लेते हैं। झट से गर्म हो जाता है।''

''अरे यह इसका उपयोग नहीं है, कुछ केक-वेक बनाकर खिलाइए।''

''बच्चे पास हों तो केक बनाने का मजा है।''

पता चलता किसी के घर में वैक्यूम क्लीनर पड़ा धूल खा रहा है, किसी के यहाँ फूड प्रोसेसर। लम्बे गृहस्थ जीवन में अपनी सारी उमंग खर्च कर चुकी ये सयानी महिलाएँ एकरसता का चलता-फिरता, कूलता, कराहता, दस्तावेज थीं। रेखा को इन मंगलवारीय बैठकों से दहशत होती। उसे लगता आने वाले वर्षों में उसे इन जैसा हो जाना है।

उसका मन बार-बार बच्चों के बचपन और लड़कपन की यादों में उलझ जाता। घूम-फिरकर वही दिन याद आते जब पुन्नू छोटू धोती से लिपट-लिपट जाते थे। कई बार तो इन्हें स्कूल भी लेकर जाना पड़ता क्योंकि वे पल्लू छोड़ते ही नहीं। किसी सभा समिति में उसे आमन्त्रित किया जाता तब भी एक-न-एक बच्चा साथ जरूर चिपक जाता। वह मजाक करती, "महारानी लक्ष्मीबाई की पीठ पर बच्चा दिखाया जाता है, मेरा उँगली से बँधा हुआ।" क्या दिन थे वे! तब इनकी दुनिया की धुरी माँ थी, उसी में था इनका ब्रह्मांड और ब्रह्म। माँ की गोद इनका झूला, पालना और पलंग। माँ की दृष्टि इनका सृष्टि विस्तार। पवन की प्रारम्भिक पढ़ाई में रेखा और राकेश दोनों ही बावले रहे थे। वे अपने स्कूटर पर उसकी स्कूल बस के पीछे-पीछे चलते जाते यह देखने कि बस कौन से रास्ते जाती है। स्कूल की झाड़ियों में छुपकर वे पवन को देखते कि कहीं वह रो तो नहीं रहा। वह शहजादे की तरह रोज नया फरमान सुनाता। वे दौड़-दौड़कर उसकी इच्छा पूरी करते। परीक्षा के दिनों में वे उसकी नींद सोते जागते।

रेखा के कलेजे में हूक-सी उठती, कितनी जल्दी गुजर गए वे दिन। अब तो दिन महीनों में बदल जाते हैं और महीने साल में, वह अपने बच्चों को भर नजर देख भी नहीं पाती। वैसे उसी ने तो उन्हें सारे सबक याद कराए थे। इसी प्रक्रिया में बच्चों के अन्दर तेजी, तेजस्विता और त्वरा विकसित हुई, प्रतिभा, पराक्रम और महत्त्वाकांक्षा के गुण आए। वही तो सिखाती थी उन्हें 'जीवन में हमेशा आगे-ही-आगे बढ़ो, कभी पीछे मुड़कर मत देखो।' बच्चों को प्रेरित करने के लिए वह एक घटना बताती थी। पवन और सघन को यह किस्सा सुनने में बहुत मजा आता था। सघन उसकी धोती में लिपट कर तुतलाता, "मम्मा जब बैया जंतल-मंतल पर चर गया तब का हुआ?" रेखा के सामने वह क्षण साकार हो उठता। पूरे आवेग से बताने लगती, "पता है पुन्नू एक बार हम दिल्ली गए। तू ढाई साल का था। अच्छा भला मेरी उँगली पकड़े जंतर मंतर देख रहा था। इधर

तेरे पापा मुझे धूप घड़ी दिखाने लगे उधर तू कब हाथ छुड़ाकर भागा, पता ही नहीं चला। जैसे ही मैं देखूँ पवन कहाँ है। हे भगवान तू तो जंतर मंतर की ऊँची सीढ़ी चढ़कर सबसे ऊपर खड़ा था। मेरी हालत ऐसी हो गई कि काटो तो खून नहीं। मैंने इनकी तरफ देखा। इन्होंने एक बार गुस्से से मुझे घूरा, 'ध्यान नहीं रखती?'

''घबरा ये भी रहे थे पर तुझे पता नहीं चलने दिया। सीढ़ी के नीचे खड़े होकर बोले, 'बेटा बिना नीचे देखे, सीधे उतर आओ, शाबाश, कहीं देखना नहीं।'

''फिर मुझसे बोले, 'तुम अपनी हाय तोबा रोककर रखो, नहीं तो बच्चा गिर जाएगा।' तू खम्म-खम्म सारी सीढ़ियाँ उतर आया। हम दोनों ने उस दिन प्रसाद चढ़ाया। भगवान ने ही रक्षा की तेरी।''

बार-बार सुनकर बच्चों को ये किस्से ऐसे याद हो गए थे जैसे कहानियाँ। पवन कहता, ''माँ जब तुम बीमार पड़ी थीं, छोटू स्कूल से सीधे अस्पताल आ गया था।''

''सच्ची। ऐसा इसने खतरा मोल लिया। के.जी. दो में पढ़ता था। सेंट एंथनी में तीन बजे छुट्टी हुई। आया जब तक उसे ढूँढ़े, बस में बिठाए, ये चल दिया बाहर।''

पवन कहता, ''वैसे माँ अस्पताल स्कूल से दूर नहीं है।''

''अरे क्या? चौराहा देखा है वह बालसन वाला। छह रास्ते फूटते हैं वहाँ। कितनी ट्रकें चलती हैं। अच्छे भले लोग चकरघिन्नी हो जाते हैं सड़क पार करने में और यह छोटू एड़ियाँ उचकाता जाने कैसे सारा ट्रैफिक पार कर गया कि मम्मा के पास जाना है।'' सघन कहता, ''हमें पिछले दिन पापा ने बताया था कि तुम्हारी मम्मी मरने वाली हैं। हम इसलिए गए थे।''

''तुमने यह नहीं सोचा कि तुम कुचल जाओगे।''

''नहीं।'' सघन सिर हिलाता, ''हमें तो मम्मी चाहिए थी।'' अब उसके बिना कितनी दूर रह रहा है सघन। क्या अब याद नहीं आती होगी? कितना काबू रखना पड़ता होगा अपने पर।

भाग्यवान होते हैं वे जिनके बेटे बचपन से हॉस्टल में पलते हैं, दूर रहकर पढ़ाई करते हैं और एक दिन बाहर-बाहर ही बड़े होते जाते हैं। उनकी माँओं के पास यादों के नाम पर सिर्फ खत और खबर होती है, फोन पर एक आवाज और एक्समस के ग्रीटिंग कार्ड। पर रेखा ने तो रच-रचकर पाले हैं अपने बेटे। इनके गू-मूत में गीली हुई है, इनके आँसू अपनी चुम्मियों से सुखाए हैं, इनकी हँसी अपने अन्तस में उतारी है।

राकेश कहते हैं, "बच्चे अब हमसे ज्यादा जीवन को समझते हैं। इन्हें कभी पीछे मत खींचना।"

रात को पवन का फोन आया। माता-पिता दोनों के चेहरे खिल गए।

"तबीयत कैसी है?"

"एकदम ठीक।" दोनों ने कहा। अपनी खाँसी, एलर्जी और दर्द बताकर उसे परेशान थोड़े करना है।

"छोटू की कोई खबर।"

"बिलकुल मजे में है। आजकल चीनी बोलना सीख रहा है।"

"वी.सी.डी. पर पिक्चर देख लिया करो माँ।"

"हाँ देखती हूँ।" साफ झूठ बोला रेखा ने। उसे वी.सी.डी. लगाना कभी नहीं आएगा।

पिछली बार पवन माइक्रोवेव ओवन दिला गया था। फोन पर पूछा, "माइक्रोवेव से काम लेती हो?"

"मुझे अच्छा नहीं लगता। सीटी मुझे सुनती नहीं, मरी हर चीज ज्यादा पक जाए। फिर सब्जी एकदम सफेद लगे जैसे कच्ची है।"

"अच्छा यह मैं ले लूँगा, आपको ब्राउनिंग वाला दिला दूँगा।"

"स्टैला कहाँ है?"

पता चला उसके माँ-बाप शिकागो से वापस आ गए हैं। पवन ने चहकते हुए बताया। "अब छोटी मम्मी बिजनेस सँभालेंगी। स्टैला मेरे पास विजिट दे सकेगी।"

विजिट शब्द खटका पर वे उलझे नहीं। फिर भी फोन रखने के

पहले रेखा के मुँह से निकला, "समधी हमसे मिलने नहीं आए।"

"आएँगे माँ, पहले तो जैटलैग (थकान) रहा, अब बिजनेस में घिरे हैं। वैसे आपकी बहू आप लोगों की मुलाकात प्लान कर रही है। वह चाहती है किसी हाली डे रिसोर्ट (सैर सपाटे की जगह) में आप चारों इकट्ठे दो-तीन दिन रहो। वे लोग भी आराम कर लेंगे और आपके लिए भी चेंज हो जाएगा।"

"इतने तामझाम की क्या जरूरत है? उन्हें यहाँ आना चाहिए।"

"ये तुम स्टैला से फोन पर डिस्कस कर लेना। बहुत लम्बी बात हो गई, बाय।"

कुछ देर बाद स्टैला का फोन आया। "मॉम आप कम्प्यूटर ऑन रखा करो। मैंने कितनी बार आपको ई-मेल पर मैसेज दिया। ममी ने भी आप दोनों को हैलो बोला था आपका सिस्टम ऑफ था।"

"तुम्हें पता ही है, जब से छोटू गया हमने कम्प्यूटर पर खोल उढ़ा कर रख दिया है।"

"ओ नो मॉम। अगर आपके काम नहीं आ रहा तो यहाँ भिजवा दीजिए। मैं मँगवा लूँगी। इतनी यूजफुल चीज आप लोग वेस्ट कर रहे हैं।"

रेखा कहना चाहती थी कि उसके माता-पिता उनसे मिलने नहीं आए। पर उसे लगा शिकायत उसे छोटा बनाएगी। वह जब्त कर गई। लेकिन जब स्टैला ने उसे अगले महीने वॉटर पार्क के लिए बुलावा दिया उसने साफ इनकार कर दिया, "मेरी छुट्टियाँ खत्म हैं। मैं नहीं आ सकती। ये चाहें तो चले जाएँ।"

इस आयोजन में राकेश की भी रुचि नहीं थी।

कई दिनों के बाद रेखा और राकेश इंजीनियरिंग कॉलेज परिसर में घूमने निकले। एक-एक कर परिचित चेहरे दिखते गए। अच्छा लगता रहा। मिन्हाज साहब ने कहा, "घूमने में नागा नहीं करना चाहिए। रोज घूमना चाहिए चाहे पाँच मिनट घूमो।" उन्हीं से समाचार मिला। कॉलोनी के सोनी साहब को दिल का दौरा पड़ा था, हॉस्पिटल में भरती हैं।

रेखा और राकेश फिक्रमंद हो गए। मिसेज सोनी चौंसठ साल की गठियाग्रस्त महिला हैं। अस्पताल की भाग-दौड़ कैसे सँभालेंगी?

"देखो जी कल तो मैंने भूषण को बैठा दिया था वहाँ पर। आज तो उसे भी काम पर जाना था।"

रेखा और राकेश ने तय किया वे शाम को सोनी साहब को देखकर आएँगे।

पर सोनी के दिल ने इतनी मोहलत न दी। वह थककर पहले ही धड़कना बन्द कर बैठा। शाम तक कॉलोनी में अस्पताल की शव वाहिका सोनी का पार्थिव शरीर और उनकी बेहाल पत्नी को उतारकर चली गई।

सोनी की लड़की को सूचना दी गई। वह देहरादून ब्याही थी। पता चला वह अगले दिन, रात तक पहुँच सकेगी। मिसेज सोनी से सिद्धार्थ का फोन नम्बर लेकर उन्हीं के फोन से इंटरनेशनल कॉल मिलाई गई।

मिसेज सोनी पति के शोक में एकदम हतबुद्धि हो रही थीं। फोन में वे सिर्फ रोती और कलपती रहीं, "तेरे डैडी, तेरे डैडी..." तब फोन मिन्हाज साहब ने सँभाला, "भई सिद्धार्थ बड़ा ही बुरा हुआ। अब तू जल्दी से आकर अपना फर्ज पूरा कर। तेरे इन्तजार में फ्यूनरल (दाह-संस्कार) रोक के रखें?"

उधर से सिद्धार्थ ने कहा, "अंकल आप ममी को सँभालिए। आज की तारीख सबसे मनहूस है। अंकल मैं जितनी भी जल्दी करूँगा, मुझे पहुँचने में हफ्ता लग जाएगा।"

"हफ्ते भर तक बॉडी कैसे पड़ी रहेगी?" मिन्हाज साहब बोले।

"आप मुरदाघर में रखवा दीजिए। यहाँ तो महीनों बॉडी मारच्यूरी में रखी रहती है। जब बच्चों को फुर्सत होती है फ्यूनरल कर देते हैं।"

"वहाँ की बात और है। हमारे मुलुक में एयरकंडीशंड मुरदाघर कहाँ हैं। ओये पुत्तर तेरा बाप उप्पर चला गया तू इतनी दूर बैठा बहाने बना रहा है।"

"जरा मम्मी को फोन दीजिए।"

मिसेज सोनी को इस वक्त आँसू से ज्यादा पसीना आ रहा था। वे उठ भी नहीं पा रही थीं। तभी किसी की नजर टी.वी. पर रखे कॉर्डलेस फोन पर गई। उन्हें फोन दिया गया।

सिद्धार्थ ने माँ को धीरज बँधाया, ''हम सब तो आज लुट गए ममा। लोग बता रहे हैं मेरे आने तक डैडी को रखा नहीं जा सकता। आप ऐसा कीजिए, इस काम के लिए किसी को बेटा बनाकर दाह-संस्कार करवाइए। मेरे लिए तेरह दिन रुकना मुश्किल होगा। आप सब काम पूरे करवा लीजिए। मजबूरी है ममा, मेरा दिल रो रहा है। मैं आपकी मुसीबत समझ रहा हूँ। और घर, अनजान लोगों के लिए खुला मत छोड़िएगा। इंडिया में अपराध कितना बढ़ गया है, हम बी.बी.सी. पर सुनते रहते हैं।'' फोन पटक कर मिसेज सोनी आँखों पर पल्लू लगाकर सुबक उठीं।

''क्या कहा बेटे ने?'' सबकी जिज्ञासा थी।

मिसेज सोनी ने पड़ोसियों के आगे हाथ जोड़कर कहा, ''यह ऐसा काम है जो औरतें नहीं कर सकतीं। आप सब मेरे भाई हो, जनम भर वे शान से जिए। उनकी मिट्टी खराब न होने देना।''

कॉलोनी के सभी घरों के लोग इन्तजाम में जुट गए। जिसको जो याद आता गया, वही काम करता गया। सबेरे तक फूल, गुलाल, शॉल से अर्थी ऐसी सजी कि सब अपनी मेहनत पर खुद दंग रह गए। पर इस दारुण कार्य के दौरान कई लोग बहुत थक गए। मिन्हाज साहब के दिल की धड़कन बढ़ गई। उनके लड़के ने कहा, ''डैडी, आप रहने दो, मैं घाट चला जाता हूँ।''

भूषण ने ही मुखाग्नि दी।

रेखा, मिसेज गुप्ता, मिसेज यादव, मिसेज सिन्हा और अन्य स्त्रियाँ मिसेज सोनी के पास बैठी रहीं। मिसेज सोनी अब कुछ संयत थीं, ''आप सबने दुःख की घड़ी में साथ दिया।''

''यह तो हमारा फर्ज था।'' कुछ आवाजें आईं।

रेखा के मुँह से निकल गया, ''ऐसा क्यों होता है कुछ लोग फर्ज

पहचानते हैं कुछ लोग नहीं। अरे सुख में नहीं पर दुःख में तो साथ दो।''

मिसेज सोनी ने कहा, ''अपने बच्चे के बारे में कुछ भी कहना बुरा लगता है पर सिद्धू ने कहा मैं किसी को बेटा बनाकर सारे काम करवा लूँ। ऐसा भी कभी होता है।''

''और रेडीमेड बेटे मिल जाएँ, यह कहाँ मुमकिन है। बाजार में सब चीज मोल मिल जाती है पर बच्चे नहीं मिलते।''

''ऐसा ही पता होता तो पच्चीस बरस पहले परिवार नियोजन क्यों करते। होने देते चार-छह बच्चे। एक-न-एक तो पास रहता।''

''वैसे इतनी दूर से जल्दी से आना हो भी नहीं सकता था।'' मिसेज मजीठिया ने कहा, ''हमारी सास मरी तो हमारे देवर कहाँ आ पाए।''

''पर आपके पति तो थे न। उन्होंने अपना फर्ज निभाया।''

इस आकस्मिक घटना ने सबके लिए सबक का काम किया। सभी ने अपने वसीयतनामे सँभाले और बैंक खातों के ब्यौरे। क्या पता कब किसका बुलावा आ जाए। अलमारी में दो-चार हजार रुपए रखना जरूरी समझा गया।

कॉलोनी के फुरसत पसन्द बुजुर्गों की विशेषता थी कि वे हर काम मिशन की तरह हाथ में लेते। जैसे कभी उन्होंने अपने दफ्तरों में फाइलें निपटाई होंगी वैसे वे एक-एक कर अपनी जिम्मेदारियाँ निपटाने में लग गए। सिन्हा साहब ने कहा, ''भई मैंने तो एकादशी को गऊदान भी जीते जी कर लिया। पता नहीं अमित बम्बई से आकर यह सब करे या नहीं।''

गुप्ताजी बोले, ''ऐसे स्वर्ग में सीट रिजर्व नहीं होती। बेटे का हाथ लगना चाहिए।''

श्रीवास्तव जी के कोई लड़का नहीं था, इकलौती लड़की ही थी। उन्होंने कहा, ''किसी के बेटा न हो तो?''

''तब उसे ऐसी तड़फड़ नहीं होती जो सोनी साहब की मिसेज को हुई।''

रेखा यह सब देखकर सुनकर दहशत से भर गई। एक तो अभी इतनी उम्रदराज वह नहीं हुई थी कि अपना एक पैर श्मशान में देखे। दूसरे

उसे लगता ये सब लोग अपने बच्चों को खलनायक बना रहे हैं। क्या बूढ़े होने पर भावना समझने की सामर्थ्य जाती रही है।

कॉलोनी के हर कठोर निर्णय पर उसे लगता मैं ऐसी नहीं हूँ, मैं अपने बच्चों के बारे में ऐसी क्रूरता से नहीं सोचती। मेरे बच्चे ऐसे नहीं हैं।

रात का आखिरी समाचार बुलेटिन सुनकर वे अभी लेटे ही थे कि फोन की लम्बी घंटी बजी। घंटी के साथ-साथ दिल का तार भी बजा, "जरूर छोटू का फोन होगा, पन्द्रह दिन से नहीं आया।" फोन पर बड़कू पवन बोल रहा था, "हैलो माँ कैसी हो? आपने फोन नहीं किया?"

"किया था पर आंसरिंग मशीन के बोलने से पहले ही काट दिया। तुम घर में नहीं टिकते।"

"अरे माँ मैं तो यहाँ था ही नहीं। ढाका चला गया था, वहाँ से मुम्बई उतरा तो सोचा स्टैला को भी देखता चलूँ। वह क्या हैं उसकी शक्ल भी भूलती जा रही थी।"

"तुमने जाने की खबर नहीं दी।"

"आने की तो दे रहा हूँ। मेरा काम ही ऐसा है। अटैची हर वक्त तैयार रखनी पड़ती है। और सुनो तुम्हारे लिए ढाकाई साड़ियाँ लाया हूँ।"

निहाल हो गई रेखा। इतनी दूर जाकर उसे माँ की याद बनी रही। तुरन्त बहू का ध्यान आया।

"स्टैला के लिए भी ले आनी थी।"

"लाया था माँ, उसे और छोटी ममी को पसन्द ही नहीं आईं। स्टैला को वहीं से जीन्ज दिला दी। चलो तुम्हारे लिए तीन हो गईं। साल भर की छुट्टी।"

"मैंने तो तुमसे माँगी नहीं थी।" रेखा का स्वर कठिन हो आया।

एक अच्छे मैनेजर की तरह पवन पिता से मुखातिब हुआ, "पापा इतवार से मैं स्वामी जी के ध्यान शिविर में चार दिन के लिए जा रहा हूँ। सिंगापुर से मेरे बॉस अपनी टीम के साथ आ रहे हैं। वे ध्यान शिविर देखना चाहते हैं। आप भी मनपक्कम आ जाइए। आपको बहुत शान्ति

मिलेगी। अपने अखबार का एक विशेषांक प्लान कर लीजिए स्वामी जी पर। विज्ञापन खूब मिलेंगे। यहाँ उनकी बहुत बड़ी शिष्य मंडली है।"

राकेश हूँ हाँ करते रहे। उनके लिए जगह की दूरी, भाषा का अपरिचय, छुट्टी की किल्लत, कई रोड़े थे राह में। वे इसी में मग्न थे कि पुन्नू उन्हें बुला रहा है।

"छोटू की कोई खबर?"

"हाँ पापा उसका ताइपे से खत आया था। जॉब उसका ठीक चल रहा है पर उसकी चाल-ढाल ठीक नहीं लगी। वह वहाँ की लोकल पालिटिक्स में हिस्सा लेने लगा है। यह चीज घातक हो सकती है।"

राकेश घबरा गए, "तुम्हें उसे समझाना चाहिए।"

"मैंने फोन किया था, वह तो नेता की तरह बोल रहा था। मैंने कहा, नौकरी को नौकरी की तरह करो, उसमें उसूल, सिद्धान्त ठोकने की क्या जरूरत है।"

"उसने क्या कहा?"

"कह रहा था भैया यह मेरे अस्तित्व का सवाल है।"

रेखा को संकट का आभास हुआ। उसने फोन राकेश से ले लिया, "बेटे उसको कहो फौरन वापस आ जाए। उसे चीन ताईवान के पचड़े से क्या मतलब।"

"माँ मैं समझा ही सकता हूँ। वह जो करता है उसकी जिम्मेदारी है। कई लोग ठोकर खाकर ही सँभलते हैं।"

"पुन्नू तेरा इकलौता भाई है सघन, और तू पल्ला झाड़ रहा है।"

"माँ तुम फोन करो, चिट्ठी लिखो। अड़ियल लोगों के लिए मेरी बर्दाश्त काफी कम हो गई है। मेरी कोई शिकयत मिले तो कहना।"

दहशत से दहल गई रेखा। तुरन्त छोटू को फोन मिलाया। वह घर पर नहीं था। उसे ढूँढ़ने में दो-ढाई घंटे लग गए। इस बीच माता-पिता का बुरा हाल हो गया। राकेश बार-बार बाथरूम जाते। रेखा साड़ी के पल्लू में अपनी खाँसी दबाने में लगी रही।

अन्ततः छोटू से बात हुई। उसने समीकरण समझाया।

"ऐसा है पापा अगर मैं लोकल लोगों के समर्थन में नहीं बोलूँगा तो ये लोग मुझे नष्ट कर देंगे।"

"तुम यहाँ घर चले आओ। इन्फोटेक (सूचना तकनीकि) में यहाँ भी अच्छी-से-अच्छी नौकरियाँ हैं।"

"यहाँ मैं जम गया हूँ।"

"परदेस में आदमी कभी नहीं जम सकता। तम्बू का कोई-न-कोई खूँटा उखड़ा ही रहता है।"

"हिन्दुस्तान अगर लौटा तो अपना काम करूँगा।"

"यह तो और भी अच्छा है।"

"पर पापा उसके लिए कम-से-कम तीस-चालीस लाख रुपए की जरूरत होगी। मैं आपको लिखने ही वाला था। आप कितना इन्तजाम कर सकते हैं, बाकी जब मैं जमा कर लूँ तब आऊँ।"

राकेश गड़बड़ा गए। "तुम्हें पता है घर का हाल। जितना कमाते हैं उतना खर्च कर देते हैं। सारा पोंछ-पाँछकर निकालें तो भी एक डेढ़ से ज्यादा नहीं होगा।"

"इसी बिना पर मुझे वापस बुला रहे हैं। इतने में तो पी.सी.ओ. भी नहीं खुलेगा।"

"तुमने भी कुछ जोड़ा होगा इतने बरसों में।"

"पर वह काफी नहीं है। आपने इतने बरसों में क्या किया? दोनों बच्चों का खर्च आपके सिर से उठ गया। घूमने आप जाते नहीं, पिक्चर आप देखते नहीं; दारू आप पीते नहीं, फिर आपके पैसों का क्या हुआ?"

राकेश आगे नहीं बोल पाए। बच्चा उनसे रुपए आने पाई में हिसाब माँग रहा था।

रेखा ने फोन झपटकर कहा, "तू कब आ रहा है छोटू?" सघन ने कहा, "माँ जब आने लायक हो जाऊँगा तभी आऊँगा। तुम्हें थोड़ा इन्तजार करना होगा।"

परिशिष्ट

बाजार में खड़े रिश्ते

प्रतिस्पर्धा से प्रतिस्पर्धा की तरफ जाती अंधी दौड़ में सबकुछ हुआ बेमानी

□ धीरेंद्र अस्थाना

ममता कालिया हमारे समय की उन समर्थ रचनाकारों में से हैं जो अपनी बेधक भाषा, बिंदास ट्रीटमेंट और चुस्त मुहावरेबाजी के कारण बहुत चाव और उत्सुकता से पढ़ी जाती रही हैं। भाषा के भीतर जो एक मस्त खिलंदड़ापन आज के अनेक लेखकों में खोजा और रेखांकित किया जा रहा है, वह ममता कालिया के लेखन में आज से 25-30 बरस पहले ही मौजूद था। सत्तर से अस्सी के बीच छपे उनके कहानी संग्रहों और उपन्यासों ने इसी विशेषता के कारण न सिर्फ ममता कालिया को प्रतिष्ठा दी थी, वरन बाद में आनेवाली कई लेखिकाओं को प्रेरित भी किया था।

'दौड़' ममता कालिया का छठा उपन्यास है। स्वयं लेखिका के शब्दों में 'दौड़' की केन्द्रीय थीम इस प्रकार है : 'आर्थिक उदारीकरण ने भारतीय बाजार को शक्तिशाली बनाया। इसने व्यापार प्रबन्धन की शिक्षा के द्वार खोले और छात्र वर्ग को व्यापार प्रबन्धन में विशेषता हासिल करने के अवसर दिए। बहुराष्ट्रीय कम्पनियों ने रोजगार के नए अवसर प्रदान

किए। युवा वर्ग ने पूरी लगन के साथ इस सिमसिम द्वार को खोला और इसमें प्रविष्ट हो गया। वर्तमान् सदी में समस्त अन्य वाद के साथ एक नया वाद प्रारम्भ हो गया, बाजारवाद और उपभोक्तावाद। इसके अन्तर्गत बीसवीं सदी का सीधा-सादा खरीददार एक चतुर उपभोक्ता बन गया। जिन युवा प्रतिभाओं ने यह कमान सँभाली उन्होंने कार्यक्षेत्र में तो खूब कामयाबी पाई पर मानवीय सम्बन्धों के समीकरण उनसे कहीं ज्यादा खिंच गए, तो कहीं ढीले पड़ गए। 'दौड़' इन प्रभावों और तनावों की पहचान कराता है।'

'दौड़' से गुजरना अवाक् रह जाना है। 'जहाँ हर महीने वेतन मिले, वही जगह अपनी होती है।' इस वाक्य को मन्त्र की तरह जीती एक युवा पीढ़ी है जो भरे-पूरे बाजार में खड़ी है। इस बाजार में महत्त्वाकांक्षाएँ हैं, भारी-भरकम वेतन प्राप्त करने की लालसाएँ हैं, खुद को साबित करने का जुनून है और है क्षण में जीने की जिद। प्रतिस्पर्धा से प्रतिस्पर्धा की तरफ जाती इस अंधी दौड़ में रिश्ते-नाते, मानवीयता, संवेदना, शहर, सपना, लगाव, परम्परा सबका सब अर्थहीन, दकियानूस और बीता हुआ उच्छ्वास भर है। यहाँ रिश्ते बहुत व्यावहारिक, रस्मी और सतही हैं। यहाँ शहर का अर्थ केवल रोजगार में खुलता है। यहाँ स्मृतियाँ एकदम व्यर्थ हैं और सपने सिर्फ तरक्की से जुड़े हैं। इस बाजार ने वह सबकुछ लील लिया है जो मनुष्य को मनुष्य बने रहने की ताकत देता है।

एक छोटे से उपन्यास में उपभोक्तावाद, भूमंडलीकरण और उत्तर-आधुनिक समय का दर्दनाक आख्यान ममता कालिया ने इतने बड़े फलक पर रच दिया है कि लघु उपन्यास या लम्बी कहानी के प्रचलित प्रेम अनायास टूट-फूट गए हैं। पवन और सघन—नई उम्र के ये दो लड़के केवल इस उपन्यास के ही नहीं बल्कि समकालीन समय के अधुनातन चरित्र हैं। ये वह प्रतीक चरित्र हैं जो थोड़ी-बहुत कतरब्योंत के साथ महानगरों में दौड़भाग का आधुनिक जीवन जीते मध्यवर्गीय और उच्च मध्यवर्गीय परिवारों में अनवरत साँस ले रहे हैं। इन चरित्रों ने अपना

जीवन खुद गढ़ा है, इनका अपना एक गणित है और अपना ही सौंदर्यशास्त्र। यह साहित्य और संस्कृति के बीच पल-बढ़कर जवान हुई पीढ़ी नहीं, इंटरनेट, ई-मेल और 'सर्फिंग' के समय की सरगम है। और इस सरगम में रिश्ते-नातों का कोई संवेदनात्मक स्वर नहीं है। इन रिश्तों में सारी समस्याएँ तभी पैदा होती हैं, जब हर बार की तरह इस बार भी नई और पुरानी पीढ़ी के विचार आपस में टकराते हैं। पाठक इस सरगम को सुनकर यदि हतप्रभ रह जाएँ तो 'दौड़' सफल है।

दौड़ में बाधाएँ क्यों?

□ मनीषा

वरिष्ठ साहित्यकार ममता कालिया का सद्यः प्रकाशित लघु उपन्यास है 'दौड़'। हालाँकि हिन्दी साहित्य में लघु उपन्यास व लम्बी कहानी के बीच जारी जंग में दोनों को पुनःपरिभाषित किए जाने की जरूरत महसूस हो रही है। उदय प्रकाश ने 'पीली छतरी वाली लड़की' के नाम से लम्बी कहानी क्या पता किस पेंच के चलते लिख डाली, अब यह दौड़, जो लम्बी कहानी सरीखी है लघु उपन्यास के नाम से प्रकाशित हो गई है। खैर यह जंग तो प्रकाशकीय ज्यादा हो सकती है, लेखकीय कम। यदि प्रकाशक इस पर तुल जाए कि हम तो आपकी लम्बी कहानी लघु उपन्यास के नाम से छापेंगे तो शायद लेखक को मन मसोसकर इसके लिए राजी होना पड़ता है। दूधनाथ सिंह ने भी शायद इसी चतुराई को भुनाया है, उन्हें सीधे लघु उपन्यास का प्रकाशक नहीं मिला तो एक पत्रिका में लम्बी कहानी के खाँचे में अपनी एक कहानी किसी तरह ठुँसवा ली। लम्बी कहानी या लघु उपन्यास की बहस से बाहर आ हम 'दौड़' पर एक नजर डालें तो यह आज के समय की सटीक टिप्पणी है। आधुनिकता के नाम पर समाज में आ रहे जबर्दस्त बदलावों का असर पड़ा है मानवीय सम्बन्धों पर। पैसे, ग्लैमर, भव्यता और चकाचौंध की दीवानी यह पीढ़ी किसी के भी कन्धे पर पाँव रखकर सफलता का चरम चूमना चाहती है। उसके लिए सामाजिक बन्धन, परिवार, अपनापन, ममत्व सब छलावा है। वह केवल

'अपना' जीवन जीना चाहती है, जहाँ न दूसरों की उखाड़-पछाड़ हो, न दबाव और न ही इस्तेमाल की जरा भी आशंका।

रेखा, राकेश, पवन, सघन के इर्द-गिर्द बुनी यह साधारण-सी कहानी आज हर तीसरे परिवार में दोहराई जा रही है। बच्चों के बेहतर भविष्य के लिए माँ-बाप जहाँ मिलकर सुख-सुविधाएँ समेटते हैं, उन्हें महँगी और ऊँची शिक्षा देकर स्वप्निल दुनिया का दरवाजा दिखाते हैं, वहीं बच्चे इस बदले परिवेश में सरसराते हुए इतने आगे निकल जाते हैं कि उन्हें माँ-बाप के उन बेशकीमती क्षणों को याद करने का वक्त ही नहीं मिलता। टेक्निकल जीवन के आदी हो चुके इन बच्चों को अपने सपनों, अपने भविष्य, अपने वैभव के आगे सम्बन्धों की गरमाहट, उसकी कसक बेमतलब लगने लगती है। वे हड़बड़ाहट और जल्दबाजी में इनसे छुटकारा पाने के लिए बेचैन रहते हैं या उन्हें झटक ही देते हैं।

पवन को एम.बी.ए. कराने वाले राकेश और रेखा का सपना था, उसे उज्ज्वल भविष्य देना। पर मल्टीनेशनल कम्पनी से जुड़ते ही पवन एक ऐसी दुनिया में चला जाता है जहाँ रेखा और राकेश के लिए कोई जगह नहीं है। बाजारवादी दौर का शिकार पवन छुट्टी पर घर आकर उलाहना देता है—'...गंगा जी में न जाने कितना मल-मूत्र विसर्जित हो चुका है। मैं तो कहूँगा यह पानी आपके लिए भी घातक है। एक्वागार्ड क्यों नहीं लगवाते।' इसी बीच पवन के जीवन में स्टैला आती है, प्रबुद्ध, कमाऊ, कैरियरिस्ट युवती और दोनों लाइफ पार्टनर बनने का निर्णय करते हैं। रेखा को झटका लगता है पर राजकोट जाकर बेटे को अपनी विशाल हृदयता दिखाने की ठान लेती है वह। वहाँ एक और वज्रपात होता है, स्टैला भी पवन के फ्लैट में रह रही है। दुख-क्षोभ और घृणा के बीच माँ की ममता डूबती जान पड़ती है। उसके मुँह से निकलता है, 'पुन्नू यह सिलबिल-सी लड़की तुझे कहाँ मिल गई।...मैंने तो कोई लड़की नहीं देखी जो शादी से पहले ही पति के घर में रहने लगे।' राकेश का टका-सा जवाब, 'तुमने देखा ही क्या है माँ? इलाहाबाद से निकलोगी तो देखोगी

न...।' कुछ और दिन बीतते ही सघन भी अपने कम्प्यूटरी कैरियर में मस्त दोनों को अकेला छोड़ चला जाता है। बुढ़ापे के दो-दो सहारे पर बुजुर्ग दम्पति अकेले मायूस साँय-साँय करते घर में फोन, कम्प्यूटर और ई-मेलों के बीच उलझे।

यही है आज के जीवन की वास्तविकता, जिसे स्वीकारने में परम्पराओं में जकड़ी पीढ़ी को काफी समय लगेगा। जिस पीढ़ी के लिए बेटा सहारा होता है, वह पीढ़ी बुढ़ापा अकेले नहीं काट सकती। जो बहू को पारम्परिक रूप में देखने के आदी हैं वह उसके कैरियर को उदरस्थ नहीं कर सकते। समय जिस तेजी से बदला है, हमारे विचार उस तेजी से आगे नहीं बढ़ पा रहे। पैसा और ग्लैमर अब केवल सुख-सुविधाओं का खेल नहीं रह गए हैं। प्रतिस्पर्धी मगज़ और तरक्कीशुदा सपनों के साथ भागनेवाले नए खून का स्वागत किया जाना भी जरूरी है। कब तक हम परम्पराओं, रूढ़ियों और नैतिकता को ढोएँगे? कब तक बच्चों के कन्धों पर लदकर मरघट तक जाने के आत्म सुख के लिए हम उनके सपनों को बिछावन बनाए रहेंगे। सामाजिक दिखावों, दकियानूसी विचारों और रूढ़ियों से लदे-फँदे अपने विचारों से मुक्ति पाने के लिए अब हमें 'दौड़ना' होगा, हम नई पीढ़ी की 'दौड़' के आगे स्पीड ब्रेकर बनकर क्यों उनकी गति धीमी करने की चेष्टा करें। हम उनके सहभागी बनने का साहस शायद न जुटा पाएँ। लेकिन उनके निर्णयों को अपनी सोच से प्रभावित करने का भाव तो छोड़ ही सकते हैं।

सब दिन होत न एक समान

□ ममता कालिया

अतीत में उतरना सुविधाजनक तो होता है, सुखकर नहीं। वर्तमान अपनी बहुरंगी जटिलता में ज्यादा आकर्षक, उत्कट और ऊर्ध्वगामी लगता है। अतीत में चूल्हे का धुआँ, लालटेन की मरियल रोशनी, धूल-भरे पाँव और कड़कती धूप होती है। अतीत गीली अनगुँधी मिट्टी है तो वर्तमान सूखा, चमकदार, रंगीन फूलदान। अगर मैं कहूँ कि मेरा बचपन सुभद्रा कुमारी चौहान की कविता की तरह मधुर, उत्फुल्ल और अतुलित आनन्द से भरा था तो एक अदद झूठ की भागीदार बनूँगी। अपने व्यतीत को इन्द्रधनुषी बनाना मुझे कभी सही नहीं लगा, क्योंकि समय की संक्रान्ति के झटके तभी से लगने शुरू हो चुके थे।

जब मैं पैदा हुई तो वर्षों यही सुनने में आया कि मैं युद्ध-सुता थी। द्वितीय विश्व-युद्ध की छाया से उबरता भारत तरह-तरह की विषमताओं से भरा हुआ था। तब भी महँगाई, बेरोजगारी और दैन्य से देश जूझ रहा था। 'भारत छोड़ो' आन्दोलन अपने चरम बिन्दु पर था। अंग्रेजों को मुल्क से बाहर खदेड़ने का जज्बा लोगों में घर कर चुका था। भारत-पाक विभाजन की गुत्थी दिन-पर-दिन जटिल होती जा रही थी। नौकरीपेशा मध्यवर्ग आतंक और आशंका में जीवन-यापन कर रहा था। सेंट जॉन्स कॉलेज से प्रथम श्रेणी में प्रथम स्थान लेने के बाद मेरे पिता मथुरा में चम्पा

अग्रवाल कॉलेज में एक सौ बीस रुपए पर लेक्चरर बने थे।

मथुरा और आगरे के बीच बचपन बीत रहा था। घर में दादी थीं, जो हम बहनों के लिए वत्सल, पर माँ के लिए डिक्टेटर थीं। तब का सिर्फ यही याद है कि घर में जब समूचा परिवार इकट्ठा बैठता था, अच्छी-खासी बातों के बीच अचानक विवाद शुरू हो जाता। बाबा अपनी आढ़त के नफे-नुकसान को सर्वोपरि मानते, भारत चाचा अपनी आजादी और जीवन-मूल्यों को और पापा अपने बौद्धिक अभिमान को। दृष्टिकोणों की टकराहट में चाचा के कुर्ते फट जाते, माँ कोने में बैठकर आँसू बहातीं और दादी चूल्हे की लकड़ी से अपना सिर पीटतीं। बहुत जल्द पिता ने उत्तर प्रदेश त्याग दिया और दिल्ली चले आए। सीताराम बाजार के अँधेरे मकान में मेरी बहन को प्लूरिसी और मुझे चेचक ने पकड़ लिया। माता-पिता के लिए वे कठिन दिन रहे होंगे, पर जल्द ही परिवार इस सबसे निकलकर उस पटरी पर आ गया, जहाँ साहित्य की रसधार ने इन सब जख्मों को भर दिया।

होश सँभालते ही दो बातें मेरे लिए अविस्मरणीय बन गईं। मैंने नया-नया लिखना सीखा था। मैं आँगन में, दीवारों पर, स्लेट पर अपने अक्षर-ज्ञान का प्रदर्शन करती रहती थी। बैठक की दीवार पर सेलखड़ी की एक सुन्दर-सी मछली टँगी थी। एक दिन मैं कुर्सी पर खड़ी होकर मछली के नीचे लिख रही थी 'मछली'। तभी मेरा हाथ उलटा और मछली और कुर्सी समेत मैं धड़ाम से गिर गई। माँ ने मुझे एक थप्पड़ मारते हुए कहा, "आने दे आज पापा को, तेरी वह पिटाई होगी कि सब लिखना-बिखना भूल जाएगी।"

मैं अपना दुखता सिर और आहत मन लिए काँपती रही। एक प्रार्थना मेरे अन्दर निरन्तर चलती रही—हे भगवान, पापा से मेरी शिकायत न हो। वे तो जान ही निकाल देंगे। पापा का क्रोध हमारी स्मृतियों में इस कदर भयंकर था कि उनके दफ्तर से लौटने के समय हम एकदम दुबक जाते। भारत चाचा के बच्चों ने उनका नाम 'डाँटने वाले ताऊजी' रख रखा

था। जैसे ही पापा दफ्तर से आए, बैठक में घुसे कि उनकी नजर सूनी दीवार पर पड़ी। "मछली कहाँ गई?" पापा ने पूछा।

माँ ने कहा, "पूछो मुन्नी से। सारा दिन शैतानी करती रहती है। इसी ने तोड़ी है।" मेरा कान उमेठकर पूछा गया, "कैसे टूटी?"

मैंने रुआँसी आवाज में कहा, "पापा, हम मछली के नीचे लिख रहे थे—मछली। जैसे ही हमने 'ली' की टोपी लगाई, मछली गिर पड़ी। हमने नहीं तोड़ा पापा।"

आश्चर्य! पापा ने कुछ नहीं कहा। माँ दृश्य से सरककर रसोई में चली गईं। पापा ने अपने कागजों में से एक कागज मुझे देकर कहा, "चलो, इस पर बीस बार मछली लिखकर दिखाओ।"

इस तरह एक जालिम शाम का शान्त, अनाटकीय अवसान हुआ। लिखित शब्द की शक्ति से यह मेरा पहला परिचय था। परिचय इस सत्य से भी हुआ कि पिता के जीवन में पढ़ने-लिखने का क्या स्थान था।

दूसरी घटना एक गोष्ठी की है। हमारे घर पर गोष्ठी का आयोजन था। माँ रसोई में केवड़े का पानी और इलायची की चाय बना रही थीं। बैठक में धवल चादरें बिछी थीं। एक-एक कर साहित्यकार आते जा रहे थे। विष्णु प्रभाकर, विजयेन्द्र स्नातक, इन्द्र विद्यावाचस्पति, प्रभाकर माचवे, श्रीकृष्ण, रांगेय राघव, देवराज दिनेश और बाबूराम पालीवाल। अन्त में आए जैनेन्द्र कुमार, जिन्हें अपनी कहानी का पाठ करना था। पापा ने उन्हें श्रद्धा से झुककर प्रणाम किया। कहानी मेरी समझ में नहीं आई, पर मैंने देखा, सब श्रोता मन्त्र-मुग्ध जैनेन्द्र जी को सुन रहे थे। गोष्ठी खत्म होने पर, सबको विदा देने के बाद पापा कमरे में आए और बोले, "यादगार दिन है आज, जैनेन्द्र जी ने मेरे आग्रह का सम्मान किया। इतने बड़े रचनाकार और कोई ठें नहीं उनमें।"

पापा से हम डरते भी थे और उनकी श्रद्धा भी करते थे। जैनेन्द्र जी श्रद्धेय के श्रद्धापात्र थे, यानी हमारे लिए ध्रुवतारा। उस दिन मुझे लगा बड़ी होकर मैं भी कहानियाँ लिखा करूँगी, तब पापा मानेंगे मुझे।

बाद के वर्षों में नागपुर, बम्बई, पूना, इन्दौर, भोपाल और वापस दिल्ली में रहते हुए हर जगह मैंने पाया कि मेरे पिता के लिए कलाकार सर्वोच्च आदर का पात्र रहा। वे पढ़ते, बहस करते और अंत में कायल होते। उन जैसा जटिल और प्रबुद्ध पाठक, लेखक के लिए चुनौती और चेतावनी दोनों था।

बीच में एक बात और याद आ रही है। 1947 का जमाना था। पापा गाजियाबाद के शम्भू दयाल इण्टर कॉलेज में प्रिंसिपल बन गए थे। जब तक हमें कोई मकान नहीं मिला, कॉलेज की साइंस लैब में हमारे रहने का इन्तजाम किया गया। आए दिन अफवाह उड़ती, स्टेशन के उस पार की बस्ती के लोग छुरा लेकर आने वाले हैं, वे एक-एक को काट डालेंगे। कॉलेज की छत के ऊपर बहुत-सा पुआल डाला हुआ था। अल्लाह-ओ-अकबर के नारे सुनते ही हम लोगों को पुआल में छुपा दिया जाता। थोड़ी देर बाद चौकीदार आकर बताता, वे लोग चले गए, आप सब बाहर आ जाएँ। स्कूल में बच्चे ठोड़ी के नीचे रबर बैंड को सन्-सन् बजाते हुए कहते 'टोडी बच्चा हाय-हाय।' कॉलेज से सटा जिला अस्पताल था। बीच की दीवार से उस पार देखने पर हमें रोज तरह-तरह की घटनाएँ पता चलतीं। एक दिन हम बहनों ने देखा, बुरका पहने एक औरत अस्पताल की डिस्पेंसरी के बाहर बरामदे में बेंच पर बैठी थी। अस्पताल का कम्पाउंडर उसके गाल पर सूई से टाँके लगा रहा था। औरत बुरी तरह चिल्ला रही थी, उसका पति उसे लगातार चुप कराने की कोशिश में था और कम्पाउंडर उसके दर्द से एकदम बेपरवाह उसका गाल ऐसे सी रहा था जैसे मोची जूता सीता है। दीदी ने कहा, देखो, इनके हाथों में तो छुरा नहीं है, कांछा हमें यों ही डराता रहता है। उसके बाद अल्लाह-ओ-अकबर सुनकर हमें वैसा डर कभी नहीं लगा, जैसा पहले लगा करता था।

1948 की एक शाम थी। हमारे घर का चिबिल्ला मसखरा सेवक शिवचरन बाजार से दौड़ा-दौड़ा घर आया और धाड़ मारकर रोने लगा। वह रोता जा रहा था और चिल्ला रहा था, "महात्मा गाँधी के गोली लग गई।

अब मैं किसको बापू कहूँगा। बीबी आज शाम चूल्हा नहीं जलेगा, हाँ नहीं तो।''

अगले दिन हम सब राजघाट गए, लक्खाखा भीड़ में क्रन्दन और चीत्कार के अलावा वहाँ और कुछ नहीं था। बड़े-बड़े नेता गाँधी जी की चिता के पास मुँह लटकाए, सिर झुकाए खड़े थे। हर एक के मुख पर यह भाव था, मानो उन्हीं की गलती से गाँधी जी की हत्या हुई है। शोक की उस घड़ी में मुझे याद आया, कुछ साल पहले का समय, जब सुबह-सुबह गाँधी जी की प्रार्थना सभा दिखाने के लिए पापा हमें रामलीला मैदान ले गए थे। हम काफी आगे बैठे थे। सभा स्थल पर गाँधी जी के आगमन पर सब लोग उनके सम्मान में खड़े हुए। बीच के रास्ते से गुजरते हुए महात्मा गाँधी बच्चों की तरफ थोड़ी देर ठिठके। यकायक मैंने उनका हाथ पकड़कर पूछा, ''बाबा आप नंगे क्यों रहते हैं?'' गाँधी जी हँस दिए, उन्होंने मुझे गोदी में उठा लिया और मेरा माथा चूमकर, जमीन पर खड़ा कर दिया। इस चेष्टा में कुछ भी कृत्रिम या प्रायोजित नहीं था, नहीं तो कैमरा इस दृश्य को कैद करने के लिए तैनात रहता।

बचपन में देखे दृश्य बिम्ब कितने लम्बे समय तक साथ चलते हैं, यह आज पता चलता है। वे सब हमारे मानस का हंस बनते हैं। हमारे छोटे-से परिवार में कुछ तो पापा के आदर्शवाद के कारण और कुछ मम्मी के डाँवाडोल स्वास्थ्य के चलते परिश्रम की महिमा अपार थी। आज तक जब मेरे बच्चे मुझे हर समय किसी-न-किसी काम में जुटे देखते हैं, वे हैरान होते हैं। उन्हें नहीं पता कि हमारे घर में बच्चों का दोपहर को लेटना या सोना नितान्त वर्जित था। खाली समय में हमें मोटी-मोटी पुस्तकें दी जातीं। बाकायदा होमवर्क की तरह।

''नेहरू जी की आत्मकथा का एक चैप्टर पढ़कर रखना, मैं शाम को आकर पूछूँगा।'' पापा कहते और हमारी दोपहरी नेहरू जी के नाम लिख जाती।

माँ के मेडिकल बिल्स की लिस्ट बनाना, बिजली और फोन का

बिल अदा करने जाना, डाकखाने में रजिस्ट्री करना, घर के लिए दूध और तरकारी लाना—सब मेरे हिस्से के काम थे। इन जिम्मेदारियों से मेरे व्यवहार और व्यक्तित्व में शुरू से एक उन्मुक्त स्वयंसेवक के गुण विकसित होते गए। कभी अपने आपको लड़की मानकर डरना, सीमित या संकुचित होना मेरे स्वभाव में शामिल नहीं हुआ। कम आयु में ही बड़ी-बड़ी किताबें पढ़ने से (जिनका अधिकांश समझ में नहीं आता था) सतत पढ़ने का अभ्यास हो गया। साहित्य कर्म और साहित्यकार के प्रति पिता का आदर-भाव देखकर जीवन का लक्ष्य भी निर्धारित हो चला। वे समस्त स्त्रियोचित भंगिमाएँ—घबराना, शरमाना, चुप रहना—मुझसे बहुत पीछे छूट गई थीं। इन्दौर में क्रिश्चियन कॉलेज के मंच से जब-जब वाद-विवाद प्रतियोगिताओं में अपने छात्र-प्रतिद्वन्द्वियों को हराया, हारे हुए लड़कों ने घबराकर मेरा नामकरण कर दिया—'मिस एटम बम।'

जहाँ बड़े शहर व्यक्ति की निजता, विशिष्टता, आवेग-संवेग को लील जाते हैं, छोटे शहर इन गुणों को सघन, मुखर और केन्द्रित करने में सहायक होते हैं। इन्दौर क्रिश्चियन कॉलेज में आए दिन कवि-गोष्ठियाँ होतीं। किसी ने नई रचना लिखी तो कहानी-गोष्ठी आयोजित हो जाती। तब आकाशवाणी भी साहित्योन्मुख साधन था। इन्दौर का तेवर उन दिनों कुछ-कुछ अपने इलाहाबाद जैसा था। कमिश्नर, कलेक्टर, विधायक, मन्त्री किसी को तब तक शहर गिनती में नहीं लेता था, जब तक साहित्य या कला के प्रति उसके अनुराग का संकेत न मिल जाए। कविता के क्षेत्र में नित नए प्रयोग करने वालों में तब चन्द्रकान्त देवताले, सरोज कुमार, चन्द्रसेन विराट, श्रीकान्त जोशी, देवव्रत जोशी वहाँ सक्रिय थे। दूसरी तरफ रमेश बक्षी जैसे कहानीकार जैनेन्द्र कुमार की खटिया खड़ी किए रहते थे।

घर से कुछ दूर एक छोटी-सी दुकान थी, जहाँ दो आने रोज पर किताब मिलती थी। मैंने बहुत-सी किताबें वहीं से लेकर पढ़ीं। अश्क जी की 'बड़ी-बड़ी आँखें', कृशनचन्दर का 'बावन पत्ते', धर्मवीर भारती का

'गुनाहों का देवता' और रांगेय राघव का 'मुर्दों का टीला'–इन सबसे उस दुकान के जरिए ही परिचय मिला। हमारे घर में गरिष्ठ और वरिष्ठ पुस्तकें थीं, हिन्दी और अंग्रेजी की। टॉलस्टॉय की 'वॉर एंड पीस' 'अन्ना कैरिनिना', जेम्स जॉयस का 'युलिसिस', ऑस्कर वाइल्ड के नाटक, शॉ के प्रेफेसेज। स्टीफन ज्वीइग का 'बिवेयर ऑफ पिटी', हार्डी का 'ज्यूड द ऑब्सक्योर' मेरी सूनी, लम्बी दोपहरों के दोस्त थे। अज्ञेय का 'शेखर' और 'नदी के द्वीप', जैनेन्द्र का 'त्यागपत्र' और 'विवर्त', शरत साहित्य, रवीन्द्रनाथ ठाकुर का 'नौका डूबी'–ये सब कृतियाँ मैंने बी.ए. करने से पहले ही पढ़ डालीं। मध्यकालीन काव्य से मुझे डर लगता था, इसलिए हिन्दी की पढ़ाई कभी मेरे पाठ्यक्रम का हिस्सा नहीं बनी और मेरा बहुत-सा समय नष्ट होने से बच गया।

कुछ लोग जीवन से किताबों की ओर जाते हैं, वे ज्यादा समझदार, दुनियादार और खबरदार कहलाते हैं। पर मेरे पिता स्वयं किताबों की दुनिया को ही यथार्थ मानते रहे, इसलिए भौतिक अर्थों में समृद्धि उनसे दूर रही। वे फिर भी मगन रहते। पुरानी दिल्ली में सेण्ट्रल बैंक की सीढ़ियों पर ठंडे, बर्फ में लगे, दही बड़े बिकते थे। वे हम सबको वहाँ दही बड़े खिलाते और कहते, "हम लोग पंडित नेहरू से ज्यादा खुशकिस्मत हैं।"

"क्यों?" मैं पूछती।

"पंडित नेहरू इस तरह चाँदनी चौक में दही बड़े थोड़ी खा सकते हैं।" कहते हुए वे हँस पड़ते।

लम्बे वर्षों तक पापा मेरा शब्दकोश, अर्थकोश और भावकोश बने रहे। जो पापा को पसन्द नहीं ममता वह नहीं करेगी। जो पापा नहीं खाते, ममता वह नहीं खाएगी। जिसे पापा नहीं मानते, उसे ममता नहीं मानेगी। इस दौर को मैंने अपनी कहानी 'अपनी छोटी लड़की' में उठाया है।

पर एक बार यह सामंजस्य गड़बड़ा गया। जितने पापा के दोस्त थे, उनसे चौगुनी मेरी सहेलियाँ थीं। इनमें क्लास में पढ़नेवाली लड़कियाँ तो थीं ही, कॉलोनी में रहनेवाली आंटियाँ, दीदियाँ और भाभियाँ भी थीं। एक

लड़की से मैंने अपनी हिन्दी टीचर की आलोचना कर दी, आलोचना क्या थी, उनके शब्द उच्चारण का कार्टून खींचा था, उनके विषयगत ज्ञान को ललकारा था। उस लड़की ने अगले ही दिन हिन्दी टीचर मिसेज भगवाकर से सारी बात बता दी। मुझे खूब डाँट पड़ी, क्लास से बाहर निकाला गया और यह चर्चा आम हुई कि मुझे स्कूल से भी निकाला जा सकता है।

घर में पापा से मैंने अपनी तकलीफ बाँटनी चाही। उन्होंने कोई डाँट-फटकार नहीं की, पर चिन्तित हो गए। पुणे के दस्तूर पब्लिक स्कूल से निकाली गई छात्रा का प्रवेश अन्यत्र होना असम्भव होता। तब पापा ने मुझसे कहा, "मुन्नी, आगे से याद रखो, थिंक ऑफ योर फ्रेंड ऐज ऐन एनिमी टुमारो।"

यह बात गलत, सिनिकल और नेगेटिव है, यह मुझे तभी महसूस हो गया था। मैंने असहमति में गर्दन हिलाई। उनकी यह सलाह मैं आज तक नहीं मान सकी। न जाने अब तक कितनी बार धोखा खाया, नुकसान उठाए, मुसीबतें झेलीं, सिर फुड़वाया, पर दोस्तों को दुश्मन समझने की आशंका पर कभी विचार नहीं किया।

जैसे-जैसे हम बड़े होते हैं, अपने माता-पिता की खूबियों के साथ-साथ उनकी खामियों से भी वाकिफ होते जाते हैं। पर अपनी समस्त खूबियों-खामियों में पापा एक बहुआयामी व्यक्तित्व थे। उन पर केन्द्रित एक रचना पर मैं आजकल काम कर रही हूँ, पर पात्र इतना विशाल है कि रचना में वह समा नहीं रहा, समेटने की कौन कहे।

यह अजीब किन्तु सच है कि जब मैं गद्य पढ़ती थी तब कविता लिखने के लिए प्रेरित होती थी और बाद में जब आधुनिक काव्य में रस लिया तो गद्य की ओर मुड़ गई। 1961 में दिल्ली विश्वविद्यालय में एम. ए. इंग्लिश में प्रवेश लिया। शुरू के चार महीने तो एक भी लेक्चर मेरी समझ में नहीं आया। मुझे लगा, यहाँ का हर लड़का-लड़की मुझसे ज्यादा पढ़ाकू और योग्य है। पर थोड़ा परिचय होने पर यह आभास होने लगा कि बोल-चाल और व्यवहार में अंग्रेजियत अपना लेने से ही कोई

अफलातून नहीं हो जाता। यह पीढ़ी 'एनकाउंटर' और 'क्वेस्ट' में छपी पुस्तक-समीक्षाएँ, आइफैक्स में मंचित नाटक और गलगोटिया के काउंटर पर रखी पुस्तकों के शीर्षक याद रखकर समकालीनता का दम भरती थी, जबकि मैं तब तक अन्स्र्ट फिशर की 'नेसेसिटी ऑफ आर्ट' और शिवकुमार मिश्र का 'मार्क्सवादी सौन्दर्यशास्त्र' हृदयंगम कर चुकी थी। कनाट प्लेट या आसफ अली रोड पर सोवियत पुस्तक प्रदर्शनी लगती, जहाँ पुस्तकें बेहद सस्ती होतीं। एम.ए. में मुझे दस रुपए महीने जेब खर्च मिलता। कभी 'ज्ञानोदय' में छपी कविता या 'सुप्रभात' में छपी कहानी का चालीस-पचास रुपए पारिश्रमिक आ जाता तो मानो लॉटरी खुल जाती। एम.ए. एब्राम्स का 'द मिरर एंड द लैम्प', विम्जट एंड बुक्स का 'लिटररी क्रिटिसिज्म' और सिमोन द वोवुआ की 'द मैनडरिन्स' और 'द सेकेंड सेक्स' मैंने रचनाओं के पारिश्रमिक से खरीदीं।

उन्हीं दिनों दिल्ली के एक प्रकाशक ने अकविता संकलन 'प्रारम्भ' के प्रकाशन का प्रस्ताव रखा। जगदीश चतुर्वेदी ने मुझसे कविताएँ देने का आग्रह किया। 'प्रारम्भ' में मेरी कविताएँ सम्मिलित की गईं। समीक्षाओं में उन्हें उल्लेख और विस्मय दोनों मिला। उन वर्षों में मेरा रुझान कविता की ओर ही था। मेरी बहुत-सी कविताओं के अंग्रेजी अनुवाद भी प्रयोग की तर्ज पर छपे और चर्चित हुए। लेकिन इस दुनिया में एक गड़बड़ थी। अकविता आन्दोलन की शुरुआत परम्परागत रूमानियत के प्रति विद्रोह, रूढ़िगत काव्य बिम्बों से असहमति और अक्खड़ अस्वीकार जैसी ईमानदार कोशिशों से हुई। किन्तु जल्द ही उसमें इतनी हिंसा, जुगुप्सा, नकली विद्रोह, शब्द-बहुलता और सरलीकरण समा गए कि कविता का पूरा परिदृश्य अराजक हो उठा। खासकर स्त्री के प्रति उन काव्य प्रयोगों में बड़ा वस्तुवादी, भोगवादीदृष्टिकोण था और यह मेरी विरक्ति का कारण बना। रातोंरात कवयित्रियाँ पैदा हो रही थीं और काव्येतर कारणों से सरनाम हो रही थीं। एक अमानवीय वातावरण की सृष्टि होने लगी, जिसमें मुझे लगा कि कविता लिखना एक पतनोन्मुखी भीड़ का हिस्सा भर बनना है। फिर

दिल्ली में कहानी भी प्रयोगधर्मी होती जा रही थी। अपनी मौलिकता को सुरक्षित रखने के लिए कहानी की ओर मुड़ना किसी रचनाकार के लिए एक अनिवार्य रचनात्मक जरूरत थी।

1965 की जनवरी में रवीन्द्र कालिया से मिलना मेरे रचनाधर्म के लिए एक ऐसा द्वार बना, जिसने मेरे सोच-विचार और जीवन की गति बदल दी। पहली ही मुलाकात में उन्होंने मुझे अज्ञेय और निर्मल वर्मा की रचनाओं के सम्मोहन से निकाल बाहर खड़ा किया। उन्होंने मेरी आँखों पर से पापा का चश्मा उतारकर अपनी नजर से जीवन को देखने-जानने के लिए उकसाया। वे न मिलते तो मैं ममता अग्रवाल ही रही आती और दृष्टि के धुन्ध-जाल में ही समय बिता देती। रवि के दुस्साहस और दबंगई ने मुझे एक नई रचनात्मक ऊर्जा से भर दिया। यह एक ऐसा शख्स था, जिसके रचना-संसार में गद्य और भाव-संसार में पद्य का अजस्र प्रवाह था। साधनों की सीमा उसे कहीं बाधित नहीं करती थी, जितना वह दोस्ती और नौकरी में बेबाक और स्वाभिमानी था, उतना ही प्रणय में। जब भी, जहाँ भी मुझे बोलना होता, रवि कहते, ''जाओ, बेधड़क बोलकर आना, बबर शेर की तरह जीना सीखो।''

1970 में इलाहाबाद आकर बस जाना हमारे जीवन की सबसे महत्त्वपूर्ण मंजिल रही। सिर्फ यही नहीं कि इस शहर ने हमें जीविका प्रदान की, इसने हमें सामान्यता का सौन्दर्य शास्त्र, स्वाभिमान का वर्चस्व और एकाग्रता का उन्मेष सिखाया। न जाने लोग इलाहाबाद कैसे छोड़कर चले जाते हैं। यह शहर नहीं, एक शऊर है। यहाँ शोध, बोध और अर्थ है। जहाँ निजता का सम्मान है, रचनाधर्मिता की सार्थकता है। इस शहर के बड़े-से-बड़े रचनाकार और छोटे-से-छोटे रचना-प्रेमी में ये सब विशेषताएँ अगर मुझे लगातार विस्मित, प्रभावित और प्रेरित करती हैं तो इसमें विचित्र कुछ भी नहीं है। आरम्भ के वर्षों में अश्क जी और उनके परिवार ने हमें यहाँ बसने में जैसा स्नेह सिक्त संबल दिया, उसने हमारे आगामी जीवन और रचना-क्षेत्र की हदें तय कर दीं। मेरा यह विस्मय अभी तक बना हुआ है

कि जिन शीर्ष रचनाकारों को पुस्तकों के पन्नों में पढ़ा, वे यहाँ कितनी सहजता से न सिर्फ मिले, वरन पथ के साथी भी बनते गए। फिराक, पन्त जी, महादेवी, अश्क जी, इलाचन्द्र जोशी, अमरकान्त, शेखर जोशी, शैलेश मटियानी, ज्ञानरंजन, दूधनाथ सिंह, शान्ति मेहरोत्रा, गोपेश जी, स्मृति-शृंखला बहुत लम्बी है। इसी शहर में परिवार में दो शिशु आए, यहीं नौकरी मिली, यहीं किस्तों पर सही, घर और घर का कुछ साज-सामान आया, यहीं रहकर दो दर्जन किताबें लिखी गईं।

सब दिन होत न एक समान, इस उक्ति में ठंडी तसल्ली ही नहीं, एक गरम सन्दर्भ भी पैदा हो रहा है। क्योंकि इस नगर में मैं पिछले पच्चीस वर्षों से शिक्षा-जगत से भी गहरे जुड़ी रही हूँ। चलते-चलते थोड़ा उस पर भी। अपना इलाहाबाद वह नगर है, जहाँ युनिवर्सिटी क्षेत्र में ठेलों पर कापियाँ और रजिस्टर थोक के भाव बिकते हैं और गड्डियों में बॉलपेन। शिक्षा की सबसे बड़ी मंडी इलाहाबाद में दूर-पास के लाखों छात्र-छात्राएँ बी.ए., एम.ए. करने के बाद प्रतियोगी परीक्षाओं की तैयारी में आते हैं।

"दो किलो कापी देना और छह बॉलपेन"—यह एक परिचित वाक्य है। युनिवर्सिटी रोड पर किताबों की दुकान पर लगातार भीड़ रहती है। नई-से-नई पुरानी-से-पुरानी पुस्तक खोजते छात्रों की आँखों में भविष्य झिलमिलाता है। उनकी जीन्स उधड़ी होती है, शर्ट मैली, पर दृष्टि एकदम साफ और लक्ष्य-भेदी। ये छात्र होस्टलों में या किराए के कमरों में रहते हैं। खाने का ठिकाना नहीं, घर से पैसे आने में देर हो जाती है, पर पढ़ाई में कोई कोताही नहीं। शहर को अभिमान है कि प्रति वर्ष आई.ए.एस., पी.सी.एस. की सूची में सबसे ज्यादा विद्यार्थी इस शहर से आते हैं। कभी चंडीगढ़ या पटना बाजी मार ले जाता है तो विद्यार्थियों के मुँह लटक जाते हैं। उन्हें ऐसी पराजय स्वीकार नहीं है।

पर देखते-देखते यहाँ के स्वच्छ अकादमिक पर्यावरण में प्रदूषण भी घर कर रहा है। कई छात्र पढ़ाई के बहाने होस्टलों के कमरों पर कब्जा किए रहते हैं। उन्हें सफेद चूरन की लत पड़ जाती है। घरवाले उन्हें उनके

हाल पर छोड़ देते हैं। वे जीवन के पिछले दरवाजों से रास्ता ढूँढ़ने निकल पड़ते हैं। एक अदद मोटरसाइकिल और दुस्साहस के भरोसे वे कुछ भी कर गुजरने को तैयार रहते हैं—डकैती, छिनैती, बकैती, रहजनी, ठगी और गुंडई। अब तो स्कूली बच्चों के अपहरण से भी उन्हें परहेज नहीं रहा। अनमोल जीवन को हथेली पर रखकर वे खतरनाक राहों के अन्वेषी बने हुए हैं।

ये सब पराजित संस्कार हैं या परिवेशगत विकृतियाँ, यह मनोविज्ञान के साथ-साथ समाजशास्त्र के भी अध्ययन का विषय होना चाहिए। पता नहीं विश्वविद्यालय के ये दोनों विभाग विद्यार्थियों की इस परिणति पर चिन्तित हैं या नहीं। युवा पीढ़ी के एक हिस्से का बड़ी तेजी से अपराधीकरण हो रहा है। उनके बीच स्वप्नदर्शियों का अभाव होता जा रहा है। नेता अपने समीकरण बैठाने में लगे हैं, व्यापारी अपनी तिजोरियाँ और गोदाम भर रहे हैं। कैलेंडर हमें लगातार इक्कीसवीं सदी की ओर धकेल रहा है, पर क्या यह सचमुच उत्तर-आधुनिक समय कहलाएगा। लगता है कि बीस शताब्दियों का एक द्विचक्र पूर्ण हो रहा है और मनुष्य फिर बर्बरता की ओर लौट रहा है।

पिछले दो वर्ष का लेखा-जोखा करने बैठी हूँ तो लगता है, समय आजकल अपने खिलाफ चल रहा है। भगवद्गीता और इंडियन पीनल कोड, कोई भी मददगार साबित नहीं हो रहा। घर से सात सौ रुपए लेकर भी बाहर निकलो तो लुट जाओ। कार्यालय में नियमानुसार कार्य करो तो सिर फुड़वाओ और समाज में समन्वय की कोशिश करो तो समझौतावादी और मौकापरस्त माने जाओ। ऐसे में साहित्य के सरोकार कभी-कभी पीछे छूट जाएँ तो कोई अचम्भा नहीं।

महज नागरिक बनकर रहना भी एक चुनौती बनता जा रहा है। समाज में इतनी हिंसा और भौतिक हित-साधन की कामना इससे पूर्व मैंने कभी नहीं देखी। अपनी संवेदनाओं को स्थगित करते हुए मनुष्य एक ऐसी दुनिया में बसने को आतुर है, जहाँ संस्कृति की जगह उपभोक्ता-संस्कृति

है और एथिक्स की जगह प्रोफेशनल एथिक्स। इसके लिए वह अपने समेत किसी का भी जीवन जोखिम में डाल सकता है। जरूरत और हवस में अन्तर करना वह भूलता जा रहा है। जरूरी नहीं कि सफल इन्सान एक अच्छा इन्सान भी कहलाए। आदिम और उत्तर-आधुनिक समय के संक्रान्ति-कालों में बस इतना फर्क है कि आज अपनी बर्बरता का सचित्र लेखा-जोखा रखने के लिए हमारे पास कैमरा, कलम भी है और कम्प्यूटर भी। शायद लीलाधर जगूड़ी ने इसी को लक्ष्य कर लिखा है—"एक वर्ष के लिए जैसे एक और वर्ष कुछ नहीं होता, एक सदी के लिए एक और सदी कोई बड़ी बात नहीं। सौ साल बदलने के लिए एक सदी इन्तजार की भी तो चाहिए। अभी तक हमने समय की क्रूरता देखी, अब समय भी हमारी क्रूरता देखे।"

❑❑❑

इक्कीसवीं सदी का पहला उपन्यास : ममता कालिया का उपन्यास 'दौड़'

□ डॉ. तरसेम गुजराल

रामचन्द्र गुहा मानते हैं कि उपभोक्तावाद में भी अपसंस्कृति का राज छिपा है। चमकती चीजों की लालच ब्रांड का वैविध्य, महँगी चीजों को खरीदने-दिखाने का लालच एक अर्थ में अपसंस्कृति है। अपसंस्कृति हमारा आपका निजत्व खत्म कर देती है। रात-दिन का भेद खत्म है। सब तेज चाल चलना चाहते हैं। सब उड़ रहे हैं। अब तो लक्जरी ट्रेवेल पूँजी की महिमा बखान कर रहा है।

(परमानन्द श्रीवास्तव/पहल 90)

जीवन की व्याख्या ही नहीं करनी पड़ती है, बल्कि जीवित रहने की प्रक्रिया भी खोजनी पड़ती है, 'हिस्ट्री इज नाट सो मच व्हाट हैपेंड एज व्हाट पीपुल सेड एबाउट इट व्हाइल इटवाज हैपनिंग, (इतिहास वही नहीं जो लोगों ने उसके बारे में तब कहा जब वह घट रहा था।) लेखक के पास एक ऐसा दृष्टिकोण अवश्य होना चाहिए जो उसे स्टिमुलेट करे (ताकत दे) चाहे वह एक निश्चित दर्शन के रूप में हो या किसी वेग फार्म (अस्पष्ट रूप) में हो।

(देवीशंकर अवस्थी की डायरी, 7 जनवरी, 1985)

इस समय जरूरत यह नहीं कि एक मरती हुई संस्कृति के अन्तिम छोर को थामे रखा जाये बल्कि आवश्यकता यह है कि इस संस्कृति के

बाद भी बचे रहा जाये।

(वाल्टर बेंजामिन)

ममता कालिया के लघुकाय उपन्यास 'दौड़' को इक्कीसवीं सदी का पहला उपन्यास मानने और कहने पर सम्भव है कि काफी कुछ सुनना पड़े। परन्तु यहीं स्पष्ट कर दूँ कि इन पंक्तियों के लेखक का उद्देश्य न तो किसी उपन्यासकार को कम कर आँकने का है, न ही बढ़चढ़ कर कोई फतवा जारी करने का है।

लोगों के पास ऐसी एक सूची हो सकती है कि फलाँ उपन्यासकार का फलाँ उपन्यास अमुक दिन महीने साल को इतने बज कर इतने मिनट इतने सेकंड पर लिख लिया गया था। छपने के लिए भेज दिया था या छप कर आ गया था, इसलिए इक्कीसवीं सदी का पहला उपन्यास 'दौड़' तो कहीं ठहरता ही नहीं। इस उपन्यास को दिनांक क्रमानुसार पहला उपन्यास नहीं, समय की नब्ज पर अँगुलियाँ रखने और भूमण्डलीकरण अथवा उदारीकरण या फिर उत्तर उपनिवेशवादी दौर में आये शिक्षा, रोजगार और अन्य सामाजिक परिवर्तनों को सूक्ष्मता से देख पाने और सृजनात्मक पथ पर खूबसूरती से एक दीप जला पाने के कारण कहा है। इस काल को संक्रमण काल कहा जा सकता है। हमारे मित्र ईश्वर दोस्त ने लिखा है—यह दिलचस्प समय है। पूँजीवादी और समाजवादी, दोनों खेमे एक ही समय में इक्कीसवीं सदी के अपने-अपने मॉडल को तलाश रहे हैं। ऐसे उपायों की तलाश की जा रही है, जो इस सदी की बदलती जरूरतों के हिसाब से प्रासंगिक हो सकें, जो पुरानी गलतियों को न दोहराएँ, पूँजीवाद पर इतना बड़ा संकट आया है मगर वामपन्थ उसे चुनौती देने की हालत में नहीं हैं। जितना बड़ा संकट यह पाँच सौ साल पुराने पूँजीवाद का है, उससे बड़ा संकट विकल्प के विचार का है। आज से सौ साल पहले विकल्प साफ दिखाई दे रहे थे। लेकिन आज आत्मविश्वास डोला हुआ है।

(अकार-25)

'दौड़' उपन्यास में ममता कालिया ने चन्द सतरें दर्ज की हैं—भूमण्डलीकरण और उत्तर औद्योगिक समाज ने इक्कीसवीं सदी में युवा वर्ग के सामने एकदम नये ढंग के रोजगार और नौकरी के रास्ते खोल दिये हैं। एक समय था जब हर विद्यार्थी का एक ही सपना था—पढ़-लिखकर प्रशासनिक सेवा में चुना जाना। कुछ सहपाठियों की पारम्परिक महत्वाकांक्षाएँ थीं। इनके अन्तर्गत डॉक्टर की बेटी डॉक्टर और इंजीनियर का बेटा इंजीनियर बनना चाहता था। तब बाजार इतना आकर्षक, विशाल और व्यापक नहीं हुआ था कि युवा वर्ग इसे अपने सपनों में शामिल करे। तब बाजार का मतलब था एक ऐसी जगह जहाँ हम अपनी जरूरतें पूरी करते हैं और थककर घर लौट आते थे। उस वक्त का बाजार इतना चमकदार और चटकीला नहीं था कि आप वहाँ अपनी पूरी जेब खाली कर आते।

(दौड़, पृ. सं. 5)

इस बीच तकनीक में क्रान्तिकारी बदलाव आये हैं। सवाल उठ रहा है कि तकनीक मनुष्य का हथियार है या मनुष्य तकनीक के हाथों में खेलने लगा है। जगदीश्वर चतुर्वेदी ने इस दौर को नेटवर्क की संस्कृति का दौर कहा है। उनके अनुसार एक जमाना था, किताबें बड़ी थीं, आज डाटा महान है। इसने मानव सभ्यता की गति के अब तक के सभी मापदण्ड तोड़ दिये हैं। 'संस्कृति वही नहीं है जो परम्परागत अभिव्यक्ति के रूपों में उपलब्ध है, धरती पर है, बल्कि संस्कृति वह भी है जो ऑनलाइन है। आकाश गंगा में है, डिजिटल में कैद है। डिजिटल संस्कृति ने व्यक्तिवादी और सामूहिक भूमिकाओं के नये आयाम खोले हैं। बाजार को नयी गति प्रदान की है, उत्पादन और पुनरुत्पादन के नये मानक बनाये हैं।

('कल के लिए' उपभोक्तावाद और भारतीय समाज अंक)

उपन्यासकार ममता कालिया उपभोक्तावाद को बखूबी समझ रही हैं। जहाँ वह उच्चवर्ग के लिए प्रदर्शन और आत्मतोष का कारण बनता है, वहीं सामान्य जन के लिए जीना कठिन बनाता है। उनके अनुसार 'महज

नागरिक बनकर रहना भी एक चुनौती बनता जा रहा है। समाज में इतनी हिंसा और भौतिक हित-साधन की कामना इससे पूर्व मैंने कभी नहीं देखी। अपनी संवेदनाओं को स्थगित करते हुए मनुष्य एक ऐसी दुनिया में बसने को आतुर है, जहाँ संस्कृति की जगह उपभोक्ता-संस्कृति है और एथिक्स की जगह प्रोफेशनल एथिक्स।' पूँजीवादी व्यवस्था में सांस्कृतिक चीजों का महत्त्व बाजार में उनकी कीमत से ही क्या तय नहीं होता? इस व्यवस्था में गरीब और गरीब तथा अमीर और अमीर होता है। महमूद दरवेश ने कविता की तरतीब में कहा—

आखिरी सरहद के बाद कहाँ जायेंगे
हम आखिर
आखिरी आसमान के बाद
उड़कर कहाँ जायेगी चिड़िया आखिर।

प्राइवेट कम्पनियाँ कम वेतन देकर ज्यादा काम चाहती हैं। उपन्यास के शुरू में ही जब चित्रेश दो जम्प्स (वेतन वृद्धि) माँगता है, कम्पनी उसे जम्प आउट करना ही बेहतर समझती है। 'कहीं भी काम बेहतर हो दाम' के मुताबिक पवन घर से अठारह सौ किलोमीटर दूर नौकरी कर रहा है। एम.बी.ए. के बाद घर नहीं बैठ सकता। माता-पिता चाहते हैं कि वह उनके पास रहकर ही नौकरी करे परन्तु उसका जवाब है—'यहाँ मेरे लायक सर्विस कहाँ? यह तो बेरोजगारों का शहर है।'

कम्पनी की नौकरी कर रहे लड़कों पर हर समय ज्यादा बिक्री के लिए दबाव दिया जाता है। वे जब आपस में मिलते हैं तो मौसम, किसी पुस्तक, लोकप्रिय सिनेमा अथवा संस्कृति की बातें कम करते हैं। दिये गये टारगेट और बिक्री का ग्राफ ऊपर ले जाने की बातें ज्यादा करते हैं। शरद और पवन के बीच बातचीत चल रही है—

'अभी हेड ऑफिस से फैक्स आया है कि साल की अगली खेप भिजवा रहे हैं। अभी पिछला माल बिका नहीं है। दुकानदार कहते हैं, वे

और ज्यादा माल स्टोर नहीं करेंगे, उनके यहाँ जगह की किल्लत है। ऐसे में मेरी सनसाइन शू पालिश क्या करे?'

'डीलर को कोई गिफ्ट ऑफर दो, तो वह माल निकाले' 'सबकी सनशाइन रखने के लिए वॉल रैक दिये हैं, डीलर्स कमीशन बढ़वाया है पर मैंने खुद खड़े होकर देखा है, काउंटर सेल नहीं के बराबर है।' पवन ने सुझाव दिया, 'कोई रणनीति सोची। कोई इनामी योजना, हालिडे प्रोग्राम?'

(दौड़, पृ.सं. 15)

विनोद शाही ने अपने हाथों (श्रम-सृजन) को गिरवी रखते हुए पेट (उपभोक्तावादी मानसिकता) के रूप में इस स्थिति को देखा है जिसका सिर (मुनाफावादी सरप्लस) पर सीमित अधिकार वाला प्राणी बन जाता है। इस रूप में उसकी गुलामी उल्टे और गहरा जाती है, क्योंकि सिर की प्राकृतिक संरचना में हाथ के केन्द्र सर्वोपरि व सब तरफ व्याप्त है। यह भी कहा कि यह एक महत्त्वपूर्ण सूत्र है कि प्रकृति के साथ मनुष्य का सीधा रिश्ता उसके हाथों की मार्फत बनता है।

एक कसे हुए शिल्प और रोचक गद्य की महारत के साथ ममता कालिया 'दौड़' में इन नवयुवकों की दशा का चित्रांकन करती हैं जो घर छोड़कर नौकरी करने निकले हैं–अटेची में कपड़े, आँखों में सपने और अन्तर में आकुलता लिए न जाने कहाँ-कहाँ से नौजवान लड़के नौकरी की खातिर इस शहर में आ पहुँचते हैं। बड़ी-बड़ी सर्विस इंडस्ट्री में कार्यरत ये नवयुवक सबेरे नौ से रात नौ तक अथक परिश्रम करते हैं। सफलता के संघर्ष में घर और बाहर का अन्तर बताते हुए कहा–'कहाँ घर में ये लड़के शहजादों की तरह रहते थे, कहाँ सारी सुख-सुविधाओं से वंचित, घर से इतनी दूर ये सब सफलता के संघर्ष में लगे हैं। न इन्हें भोजन की चिन्ता है न आराम की। एक आँख कम्प्यूटर पर गड़ाए ये भोजन की रस्म अदा कर लेते हैं और फिर लग जाते हैं कम्पनी के व्यापार लक्ष्य सिद्ध।' सिद्धि के बारे में सुनिए–'व्यापार या लाभ लक्ष्य इतने ऊँचे होते हैं कि

सिद्धि का सुख हर एक को हासिल नहीं। सिद्धि इस दुनिया में, एक चार पहिया दौड़ है जिसमें स्टियरिंग आपके हाथ में है पर बाकी सारे कंट्रोल्स कम्पनी के हाथ में। वही तय करती है आपको किस रफ्तार से दौड़ना है और कब तक।'

(दौड़, पृ. सं. 20)

सुदीप बनर्जी ने एक भाषण में कहा—भूमण्डलीय वित्तीय पूँजी की यह मायावी, आवारा और बेलगाम दुनिया, सुरमा की तरह हमारे प्रतिभाशाली विद्यार्थियों के झुंड के झुंड को निगलती जा रही है। हमारे विद्यार्थी अपनी जड़ों से, यहाँ तक कि अपनी मानवीयता से भी दूर होते जा रहे हैं। उन्हें देश के बहुआयामी सरोकारों से विरक्त किया जा रहा है जाहिर है, इस माया के जाल से बचना बहुत कठिन है। माया में निहित श्लेष जानबूझ कर इस्तेमाल किया जा रहा है। आप जानते ही हैं, आम बोलचाल की भाषा में धन को माया भी कहा जाता है।

(मनोज गौड़ का अनुवाद)

अपने समय में वाल्टर बेंजामिन उपभोक्ता के भीड़ में बदलने की प्रक्रिया की शिनाख्त कर रहे हैं—डिपार्टमेंटल स्टोरों के बनने के बाद पहली बार इतिहास में उपभोक्ताओं ने स्वयं को भीड़ समझना शुरू कर दिया। इससे पहले सिर्फ जब वस्तुओं का टोटा होता था, तब वे स्वयं को ऐसा समझते थे। इसलिए वाणिज्य में इस सर्कस की तरह के नाटकीय तत्त्व को इतने असाधारण ढंग से उभारा जाता है।

(अनुराधा महेन्द्र का अनुवाद)

तब स्पर्धा गलाकाट नहीं थी, न ही विज्ञापन इस अवस्था तक पहुँचे थे कि गीत के अस्फुट बोल गुनगुनाते हुए विज्ञापन के बोल मुँह से निकलते हों। 'दौड़' की रचनाकार बाजार की त्रासद भंगिमा को समझ रही है।

दरअसल बाजार में दिन पर दिन स्पर्धा कड़ी होती जा रही थी। उत्पादन, विपणन और विक्रय के बीच तालमेल बनाना दुष्कर कार्य था।

एक-एक उत्पाद की टक्कर में बीस-बीस वैकल्पिक उत्पाद थे। इन सबको श्रेष्ठ बताते विज्ञापन अभियान थे जिनके प्रचार-प्रसार से मार्केटिंग का काम आसान की बजाय मुश्किल होता जाता। उपभोक्ता के पास एक-एक चीज के कई चमकदार विकल्प थे।

(दौड़, पृ. सं. 22)

कम्पनी किस तरह सत्व निचोड़ लेती है, इस उपन्यास में स्पष्ट है। पवन के माता-पिता साहित्यानुरागी हैं, घर में किताबों की भरपूर मौजूदगी रहनी ही थी। पाप और माँ के उकसाने से वह साहित्य की पुस्तकें पढ़ता रहा है। 'कफन' और 'पूस की रात' जैसी कहानियाँ पढ़कर संवेदनशील मन प्रभावित हुआ था। परन्तु अब चाह कर भी पढ़ नहीं सकता था। समय ही नहीं था। 'कम्पनी की कर्मभूमि ने उसे इस युग का अभिमन्यु बना दिया था।' घर की बहुत याद आने पर फोन करता है तो एक आँख मीटर स्क्रीन पर रहती है। छोटा भाई कोई चुटकुला सुना देता है तो कहना पड़ता है, 'छोटू अब काम की बात कर, चालीस रुपये का हँस लिए हम लोग।' काल की पल्स रेट दिल की धड़कन जैसी सरपट चलती है। 3-6-9-12 पाँच मिनट बात कर अभी मन भी नहीं भरा होता कि सौ रुपये निकल जाते।

(दौड़, पृ. सं. 26)

पति-पत्नी सम्बन्ध भी इस उपभोक्तावादी समाज में बदल रहे हैं। राजुल महसूस करती है कि हिन्दुस्तानी मर्द को शादी के सारे सुख चाहिए, बस जिम्मेदारी नहीं चाहिए। उसे शादी करने पर अच्छी-भली नौकरी छोड़नी पड़ी जबकि सहेलियाँ कह रही थीं कि आजादी चौपट हो जायेगी शादी करके। 'आजकल तो रिस्क का जमाना है डबल इनकम, नो किड्डस' (दोहरी आमदनी बच्चे नहीं।)

राजेश्वर सक्सेना इस सवाल से जूझते हैं कि अपनी सामाजिक जवाबदारी और वैधता के प्रति बेखबर हो जाना क्या है? रामय के जानने की कोशिश में प्रश्न उठाते हैं—तो यह है भूमंडलीय उन्मुक्त बाजार के नये

व्यवस्थापन और नये प्रबन्धन (मार्केट, मीडिया और मैनेजमेंट) का समय, तो यह है बहुलतावादी मानसिकताओं (नस्लीय, जातीय, धर्मान्ध आदि) में घटकर रह जाने का समय, तो यह है कि एक सर्वसत्ताक (सावरन) उपभोक्ता के भेड़ियावादी जीवन सम्बन्धों (हाब्स) में नीत्शेथ्यन शून्य के उतर जाने का समय, यह समय उस संकेत विज्ञान का है जिसका गठन और पुनर्गठन आज के बाजार की आवश्यकता ने किया है।

उपन्यास में अभिषेक की कम्पनी क्रिसेन्ट कॉरपोरेशन को नब्बे लाख का प्रचार अभियान मिला है। विज्ञापन इस बाजार का नुकीला हथियार है। यह वह महाजाल है जिसमें मध्यम वर्ग का व्यक्ति फँसता और छूट नहीं पाता, यह जरूरत के बिना जरूरत बनाता है। यह कर्ज लेकर भी गाड़ी खरीदने पर आमादा हो जाता है। यह अपनी पीड़ा और छटपटाहट को खुद आमन्त्रित करता है। हर घर का बड़ा आदमी बच्चों की उपभोक्तावादी माँग पर खुद को पराजित पाता है।

विज्ञान के लिए मॉडल जरूरी है। विजुअलाजर आइडिया देगा। स्क्रिप्ट लिखी जायेगी। प्रचार की एक दिक्कत है। किसी उत्पाद के प्रचार के लिए एक ही मॉडल का चेहरा दिन में इतनी बार मीडिया संजाल पर दिखाया जाता है कि वह उसी उत्पादन के विज्ञापन से चिपक कर रह जाता है। सौन्दर्य उपचार की आड़ में गलत धन्धे होते हैं, इसका भी उपन्यास में संकेत है। 'विज्ञान कम्पनी की दुनिया परिवर्तन और आकर्षण से भरपूर थी? (दौड़, पृ.सं. 36) सवाल सच्चाई नहीं, प्रॉडक्ट बेचने का है।

क्या बाजार के इस मोड़ पर नैतिकता का सवाल उठाया जा सकता है? राजुल के ऐसा सवाल उठाने पर अभिषेक भड़क उठता है—सीधा-सादा एक प्रॉडक्ट बेचना है, इसमें तुम नैतिकता और सच्चाई जैसे सवाल मेरे सिर पर दे मार रही हो। मैंने आई.आई.एम. में दो साल भाड़ नहीं झोंका, वहाँ से मार्केटिंग सीखकर निकला हूँ। आई केन सेल ए डेड रैट (मैं मरा हुआ चूहा भी बेच सकता हूँ।) यह सच्चाई, नैतिकता सब मैं दर्जा चार

तक मॉडल साइंस में पढ़कर भूल चुका हूँ।

(दौड़, पृ. सं. 38)

बाजार के अर्थशास्त्र में नैतिकता जैसा शब्द लाना कनफ्यूजन है—'मैंने अब तक पाँच सौ किताबें तो मैनेजमेंट और मार्केटिंग पर पढ़ी होंगी। उनमें नैतिकता पर कोई चैप्टर नहीं है।'

राजेश्वर सक्सेना को पुनः याद करता हूँ जब वह कहते हैं कि जिन्दगी की पकड़ का हर वह विचार जिससे जिन्दगी के रूपान्तरण और परिष्करण का सक्रिय सम्बन्ध होता है, वह टूट रहा है और वह काफी हद तक टूट भी चुका है। लगता है कि जैसे मनुष्य जाति फूको के विमर्शों का विषय हुए जा रही है। (सापेक्ष, 48) क्या इस बाजारवाद, पागलपन की हद तक का उपभोक्तावाद आवारा पूँजी का फैलाव, कातिलाना प्रतिस्पर्धा और खंजर जैसे चमकते विज्ञापन हमें वहाँ नहीं धकेल रहे जहाँ मनुष्य की मनुष्यता छिन रही है?

बच्चे पढ़-लिखकर या तो अच्छे पैकेज के लिए विदेश भाग रहे हैं या फिर घर से हजारों मील दूर। इस विशुद्ध कैरियरिज्म (आजीविकावाद) से पारिवारिक और विकट सामाजिक स्थितियाँ पैदा हो रही हैं। परिवार कुछ नैतिकता और ज्यादा मोह के खूँटे से बँधे हैं। बच्चों के लिए प्राथमिकता कैरियर और पैकेज प्रदत जिम्मेदारियाँ ऐसी डोरियाँ हैं जो किसी हद तक उन्हें निर्मोही बनाती हैं और यह धारणा मजबूत होती है कि पैसे से सभी कुछ खरीदा जा सकता है। रिश्ते भी। पवन की माँ जब छोटे बेटे सघन के भी घर से दूर जाने की ललक देखती है तो कहती है—'इसको भी ले जाओगे तो हम दोनों अकेले रह जायेंगे। वैसे ही यह सीनियर सिटिजन कॉलोनी बनती जा रही है। सबके बच्चे पढ़-लिखकर बाहर चले जा रहे हैं। हर घर में, समझो एक बूढ़ा एक बूढ़ी, एक कुत्ता और एक कार बस यह रह गया है।'

माता-पिता की हसरतों के सामने आजीविकावादी पुत्र का तर्क

है—'मेरे लिए शहर महत्त्वपूर्ण नहीं हैं, कैरियर है। अब कलकत्ते को ही लीजिए। कहने को महानगर है पर मार्केटिंग की दृष्टि से एकदम लद्धड़। कलकत्ते में प्रोड्यूसर्स का मार्केट है, कंज्यूमर्स का नहीं।' निम्न पंक्तियाँ खास तौर पर रेखांकित की जानी चाहिए—'मैं ऐसे शहर में रहना चाहता हूँ जहाँ कल्चर हो न हो, कंज्यूमर कल्चर जरूर हो। मुझे संस्कृति नहीं, उपभोक्ता संस्कृति चाहिए। तभी मैं कामयाब रहूँगा।'

पिता राकेश पवन के बहाने एक पूरी की पूरी युवा पीढ़ी को पहचानना चाहते हैं और प्रश्न से टकराते हैं कि ये अपनी जड़ों से कटकर जीने वाले लड़के समाज की कैसी तस्वीर तैयार करेंगे?

माता-पिता सदा बच्चों के सुख की कामना करते हैं परन्तु आज की पीढ़ी इस अथाह प्रेम को ग्रीटिंग कार्ड के इंचीटेप से नाप रही है। पवन को शिकायत है कि माँ ने जन्म दिन पर फोन तो किया परन्तु ग्रीटिंग कार्ड नहीं भेजा, उसके सब कलीग्स हँसी उड़ा रहे थे।

यह पीढ़ी अपने जीवन के महत्त्वपूर्ण कामों को भी कैरियर की भेंट चढ़ा चुकी है। अपने विवाह को लेकर पवन कहता है—हमारे एजेंडा पर बहुत सारे काम हैं। शादी के लिए हम ज्यादा से ज्यादा चार दिन खाली रख सकते हैं। यहाँ यह बताना जरूरी है कि शादी के लिए लड़की पवन ने खुद ढूँढ़ी है। विवाह से पहले दोनों मिल-जुल रहे हैं। शादी को एक डील समझते हैं। विवाह के मुहूर्त को लेकर चिन्तित नहीं हैं और लड़की को पवन धोखा नहीं देना चाहता। विवाह सामूहिक विवाह में बदल रहा है। यानी तामझाम कम हो रहे हैं। स्टैला (पवन की पत्नी) कैलोरी गिन-गिन कर खाती है। स्वाद त्यागा जा रहा है। लड़कियाँ काम (जॉब) के बारे में पहले सोच रही हैं, रसोई के बारे में बाद में। अब उन्हें पिछली पीढ़ी पवन की माँ रेखा की तरह बावर्ची, धोबिन, जमादारिन बने रहने की जरूरत नहीं। परन्तु जो छूट रहा है, वह है स्वाभाविक जीवन और मानवीय सम्बन्ध। वे मंजिलों के लिए संघर्ष कर रहे हैं। पवन के पिता राकेश स्तब्ध

हैं—तुम अपनी तरक्की के लिए पत्नी और कम्पनी दोनों छोड़ दोगे?

जवाब है—'छोड़ कहाँ रहा हूँ, पापा, यह कम्पनी अब मेरे लायक नहीं रही। मेरी प्रतिभा का इस्तेमाल अब मेल करेगी। रही स्टैला। तो यह इतनी व्यस्त रहती है कि इंटरनेट और फोन पर मुझसे बात करने की फुर्सत निकाल ले, यही बहुत है।'

उनका दाम्पत्य जैसा कि राकेश कहते हैं, सेटेलाइट और इंटरनेट से ही चलने वाला है। नैतिकता की आवाज इस ग्लास सीलिंग (शीशे की दीवार) के पार सुनाई नहीं देती। पिता कहते हैं—'एक अच्छी भली लड़की को अपना जीवन साथी बनाकर कुछ जिम्मेदारी से जीना सीखे और बेचारी जीजीसीएल ने उन्हें इतने वर्षों में काम सिखा कर काबिल बनाया है। (पवन की कम्पनी जिसमें वह कार्यरत रहा) कल तक तुम इसके गुण गाते नहीं थकते थे। तुम्हारी एथिक्स को क्या होता जा रहा है?'

आजीविकावाद के प्रतिनिधि चरित्र के रूप में उपस्थित पवन का उत्तर है—'आप यह क्या एथिक्स, मौरेलिटी जैसे भारी भरकम पत्थर मारते रहते हो। मैं जिस दुनिया में हूँ, वहाँ एथिक्स की जरूरत नहीं, प्रोफेशनल एथिक्स की जरूरत है। चीजों को नयी नजर से देखना सीखिए नहीं तो आप पुराने अखबार की तरह रद्दी की टोकरी में फेंक दिये जाएँगे।'

(दौड़, पृ. सं. 66)

क्योंकि एम.बी.ए. पिता ने करवाया है, इसलिए कहता है आपने मुझे ऐसे समुद्र में फेंक दिया है जहाँ मुझे ऐसा ही तैरना है।

क्या यह पीढ़ी संघर्ष नहीं कर रही? पवन को अवसर मिलते गये। प्रगति के रास्ते खुल जा सिम सिम की तरह खुलते गये परन्तु सघन के लिए डगर इतनी आसान नहीं। उसके हॉस्टल में फोन नहीं। वह बाहर से महीने में दो बार फोन करता है। पैसों की तंगी हमेशा बनी रहती है। कम्प्यूटर की महँगी पत्रिकाएँ खरीदने के लिए कभी नाश्ते में कटौती और कभी खाने में कंजूसी करता है। बस के लिए घंटों धूप में खड़ा रहता है।

सेमेस्टर पूरा कर घर आने पर माँ-बाप पहचान भी नहीं पाते। 'चेहरे पर हड्डियों के कोण निकल आये थे। शक्ल पर पहले वाला छलकता बचपन गायब हो गया था।'

यह अस्तित्व के लिए संघर्ष है, जिससे व्यापक असमानता के चलते कहीं सुलभ और कहीं दुर्लभ रूप में आँका जा सकता है।

'कितने पाकिस्तान' उपन्यास में कमलेश्वर ने दर्ज किया–'जिस दौर के आँसू सूख जाते हैं, उस दौर का अदीब मर जाता है।' ममता कालिया ने इस इक्कीसवीं सदी की नयी बयार में आँसुओं को सूखने नहीं दिया। 'दौड़' में सघन की ताइवान में नौकरी मिलने पर लिखा–

अनिवासी और प्रवासी केवल पर्यटक और पंछी नहीं होते, बच्चे भी होते हैं। वे दौड़-दौड़ कर दर्जी के यहाँ से अपने नये सिले कपड़े लाते हैं, सूटकेस में अपना सामान और कागजात जमाते हैं, मनी बेल्ट में अपना पासपोर्ट, वीजा और चंद डालर रख, रवाना हो जाते हैं अनजान देश प्रदेश के सफर पर, माता-पिता को सिर्फ स्टेशन पर हाथ हिलाते छोड़कर।

बच्चे बाहर हैं। माता-पिता के पास अकेलापन बचा रहता है, बीमार पड़े तो देख-भाल के लिए कोई नहीं। किसी का देहात हो तो पहुँच पाने की सीमाएँ।

सेमी साहब के देहान्त पर सिद्धार्थ कहता है–'आप (बॉडी) मुरदाघर में रखवा दीजिए। यहाँ तो महीनों बॉडी मारच्यूरी में पड़ी रहती है। जब बच्चों को फुर्सत होती है, फ्यूनरल कर देते हैं।' जब उसे पता चलता है कि भारत में शव ज्यादा दिनों तक रखना सम्भव नहीं, तब उसको फोन पर सुझाव आता है–'आप ऐसा कीजिए, इस काम के लिए किसी को बेटा बनाकर दाह-संस्कार करवाइये।' भारत में अभी संवेदना सूख नहीं गयी, फूलों में कुछ नैतिकता की इंगत बची है और कुछ संस्कारों की महक। कॉलोनी के लोग पूरा इन्तजाम कर देते हैं। क्योंकि फर्ज पहचानते हैं। ये शब्द हवा में अटके रह जाते हैं–'बाजार में सब चीज मोल मिल जाती

है पर बच्चे नहीं मिलते।'

छोटू भारत इस शर्त पर लौटकर आना चाहता है, यदि उसके काम शुरू करने के लिए तीस-चालीस लाख की रकम हो। माता-पिता के पास एक डेढ़ लाख से ज्यादा नहीं। उसका सवाल है कि उनके पास ज्यादा पैसे क्यों नहीं हैं? जिसका कोई जवाब नहीं।

ममता कालिया कहीं भी गलत नहीं, जब कहती हैं—जरूरत और हवस में अन्तर करना वह (इक्कीसवीं सदी का आदमी) भूलता जा रहा है। अज्ञेय ने कहा है कि साहित्य किसी एक काल में किसी एक जाति अथवा समाज की सम्पूर्ण संस्कृति की उपज होता है। इसके वर्तमान में संस्कृति का इतिहास निहित होता है। 'दौड़' उपन्यास में ममता कालिया अपने समय के कँटीले प्रश्नों से जूझती हैं। उपन्यास बेहद रोचक है। छोड़ने को मन ही नहीं होता। इसे खोलने की जरूरत है कि बेटे के व्यक्तित्व में भौतिकतावाद, अध्यात्म और यथार्थवाद की कैसी त्रिपथगा बह रही है।